JN118295

若女将狩り　倒錯の湯

霧原一輝

マドンナメイト+

第1章　最初の標的　7
第2章　同性の蜜の味　57
第3章　美人女将はM　106
第4章　湯の中の女芯　156
第5章　和室で開く花　209

若女将狩り　倒錯の湯

第一章　最初の標的

1

野口孝之《のぐちたかゆき》は二十歳の大学二年生。

兵庫出身で、今は東京のアパートを間借りして、某大学に通っている。

とにかく旅行、とくに温泉が好きで、現在はピザの配達のアルバイトをして、溜めた金で旅行資金を捻出している。

今回も東北の紅葉狩りと温泉をかねたひとり旅で、今、孝之が宿泊客と一緒に夕食を摂《と》っているこの小さな旅館を選んだのには、大きな理由がある。

それは、このS荘の若女将である井村美帆《いむらみほ》が、『美しい女将たちの肖像』というシリーズ化されているテレビのドキュメント番組に登場していたからだ。

常に録画しているその番組で、井村美帆を見たとき、「ああ、理想のタイプ」だと感じて、胸が熱くなった。

孝之は俗に言うしょうゆ顔で、草食系と思われがちだ。

実際に二十歳になった今でも、女性を一人しか知らないのだから、ある意味では当たっている。しかし、内実は違う。

孝之は女性が大好きで、性欲も強い。

ここの若女将である井村美帆を番組で見たときも、彼女が映っている映像を見惚れながらオナニーした。それも一回ではない。

妄想のなかで、美帆は自分に何度となく犯され、その白い太腿を長襦袢からのぞかせ、白足袋に包まれた足を折り曲げて、オルガスムスに昇りつめていった。

だから、今日旅館に到着して、若女将である井村美帆と対面したときは、もうそれだけで、あそこが勃起しそうだった。

それに、現実に目にした美帆は、テレビで見た以上にきれいで、色っぽかった。若女将らしく着物を着て、髪をアップに結っていた。袖からのぞく手の肌はきめ細かく色白で、穏やかな笑みを絶やさない。

こんなにきれいな人が現実にいるのか、と思った。

福島県の安達太良山近くの温泉郷にあるこのS荘は六部屋しかない小さな旅館だが、白濁した温泉の質の良さと、若女将の美貌で持っていると言っていい。

夕食時も、若い女性の従業員以外に若女将自らが食事を運んでくるので、その姿を見るたびにドキドキして、ついつい目で追ってしまっている。

きっとそれがバレたのだろう。

「さっきから、ちらちらと……若女将に気があるのね」

同じテーブルの隣で食事をしていた女性が声をかけて、にっと微笑んだ。

名前も職業も知っている。さっき風呂を出て涼んでいるときに、少し話したからだ。

宮崎《みやざき》千春《ちはる》と言って、二十九歳の美容師らしい。

ナチュラルなショートヘアが似合う、目鼻立ちのくっきりとした美人だが、とにかく胸はやたら大きい。ひとり旅で、温泉をまわるのが好きらしく、孝之とは気が合いそうだった。

「……すみません。お見通しですね」

「そりゃあ、わかるわよ。きみ、表情に出るみたいだから。ひょっとして、テレビの『美しき女将たちの肖像』を見て、ここに決めたとか?」

千春が顔を寄せて、他の客には聞こえないように耳元で囁いた。

図星をさされて、ギクッとしたが、

「はい……じつは、そうなんです」

小声で返すと、千春はやはりねという顔でうなずいて、

「じつはわたしもそうなのよ。美帆さんがあんまり愛おしいから、お客になってあげようって……あの番組見たんだから、きみも知ってると思うけど、美帆さん三年前にご主人を亡くしてから、ほとんどひとりで切り盛りしているからね。わたしも手伝ってあげたいくらい」

「そうですね。あの細腕で頑張っていらっしゃる。お客になって助けてあげたくなりますよね」

「わたしなんか、もうこれで二泊目なのよ」

「えっ、そうなんですか?」

「ええ……だから、昨夜も若女将の仕事が終わってから、誘って、部屋で一緒に呑んだわ」

「ええ、そんなことまで?」

さすがに驚いた。普通、いくら小さな旅館とは言え、若女将と何でもない女性客が部屋で呑むなんてことはしないだろう。

「かなり、精神的に参っているみたいなのよ。だから、今夜も愚痴を聞いてあげようかなって……もし気が向いたら、きみも来なよ。まだ彼女と話していないんでしょ？」

「はい……挨拶程度しか」

「それじゃあ、ダメじゃん」

「はい……でも、ああいう憧れの方は少し遠くから眺めていたほうがいいかなって……」

「野口くん、それじゃあ女にモテないわよ。モテないでしょ？」

「……ええ、まあ」

「ひょっとして、童貞だったりして……」

千春がちらりと横を見て、からかうような顔をした。

「違いますよ。ひとりとはしていますから！」

思わず女性体験をばらしてしまい、しまったと思ったが、もう遅い。

「ふうん、そうなんだ」

千春がにやにやしてうなずく。

上手く乗せられて、言わなくてもいいことまで話してしまったな、と反省しながら、千春を見る。

さっきから、千春は福島の地酒を呑んで、川俣シャモの鍋を食べているせいか、浴衣の襟元からのぞく胸のふくらみや、首すじ、色白の顔がほんのりと赤らみ、メチャクチャ色っぽい。

(反則だよな)

そう思いつつも、自分もシャモ鍋を食べる。

美味しい！　鶏でもシャモは一味違う。

(だけど、あれだよな。今夜、若女将と話せるなら、千春さんの部屋に行きたいな)

最後のほうにネギそばが出て、みんな美味しそうに一本ネギを箸代わりにして、そばを啜った。

これも福島の大内宿の名物だが、孝之はまだ食べたことがなかったので、興味津々でなおかつネギを齧りながら食べると、それが辛味のアクセントとなって、いっそう美味しいのだ。

食事を終えて、客が席を立った。そのとき、千春が若女将と内緒話をしているのを見て、やはり、さっきの千春の言葉は本当だったんだと思った。

2

孝之は夢を見ていた。谷間に落ち込んだ孝之は登りたいのに、壁面がつるつるすべって、ちっとも登ることができないのだ。

(ああ、俺、どうなってしまうんだろう?)

絶望感にとらえられたその直後、孝之はハッと目を覚ました。

(よかった、夢で……! 待てよ。俺はなんで眠ってしまったんだ?)

夕食時に、千春に若女将と呑むから部屋においでよと誘われた。わくわくして若女将の仕事が終わる頃を待っていたのに、満腹感と疲労で眠ってしまったようだ。

(まだ間に合うんじゃないか?)

時計を見ると、午前零時前だ。ぎりぎりの時間だが、もしかしたら、若女将の井村美帆はまだ千春の部屋で呑んでいるかもしれない。

孝之は急いで布団を出る。袢纏《はんてん》をはおって、廊下に出た。

隣の隣が、千春の部屋だ。

もう深夜なので、足音がしないように静かに廊下を歩き、千春の部屋の前で耳を澄ました。すると、

「んんっ……ぁああ、ダメです。こんなこと……いけません……あっ、あっ……」

女の声が聞こえてきた。

(どっちの声だろう。千春さんではないから、美帆さんだろうか。しかし、何で？……)

明らかに性的な行為をされて、いやがりながらも喘いでいるときの声だ。経験人数がひとりの孝之にもそのくらいはわかる。

(と言うことは、相手は千春さん？　レズビアン？　まさか……でも違うとしたら、誰か他に男がいることになるし……)

頭をひねっている間にも、

「ぁああ、いけません……ダメだったら……ぁあんん」

美帆の洩らす声が徐々に高まってきた。

（……知りたい。どうなっているか、猛烈に知りたい！）

周囲を見渡した。

（確か、隣室は布団部屋になっていたよな）

寒かったら、ここから布団を持っていっていいと言われていた。

隣室に入って室内を見ると、うずたかく積まれた布団の山があった。だが、隣室との境の上のほうは欄間《らんま》になっていて、そこからなら、隣室を覗けそうだった。

部屋の隅に丸椅子が何脚も重ねられている。あれを使えば……。

孝之が丸椅子を運ぶ間も、美帆のセクシーすぎる喘ぎが聞こえてくる。

壁際に丸椅子を置いて、倒れないように慎重に座面にあがった。

バランスを取りながら、千鳥格子の欄間から覗くと――。

ぼんやりとした枕明かりに、浴衣のはだけた女体が仰向けに横たわっている。

若女将の美帆だった。

そして、千春が上から覆いかぶさるようにして、乳房を揉んで中心を舐めている。

（どうして？　やはり、レズなのか？）

乳首を吸っていた千春が顔をあげて、着ていた浴衣を脱いだ。

引き締まっているが、胸とヒップは大きな見事すぎる後ろ姿に、アッと声をあげそうになって、孝之は必死に口を手で押さえた。

「千春さん、本当にもうダメです。これ以上されたら、おかしくなってしまうわ」

美帆が眉根を寄せた。その哀切な表情がとても色っぽい。

結われていた長い黒髪が今は解かれて、枕に扇状に散り、たわわな乳房にもかかっている。

「おかしくなっていいんです。美帆さんは頑張りすぎよ。最近セックスしたのは、いつなの？」

千春に訊かれて、美帆は口ごもっていたが、やがて、ぼそりと言った。

「夫が亡くなったのが三年前だから、三年以上はしていません」

「それだから、乾いちゃっているのよ。抱かれていない女は見ていてわかるのよ。美帆さんが若女将として一生懸命に旅館を切り盛りしているのはわかる。すごく頑張っていると思う。でも、見ていて可哀相。ギスギスしてるし……」

「でも、千春さんは女性です。だから……」

「性別なんて、関係ないわ。要はどちらかが男の役割をすればいいのよ。わたしが男を演じる。だから、美帆さんは女性として身をゆだねてくれればいいの。大丈夫。絶対に口外はしない。二人だけの秘密だから、安心して……」

千春はそう言って、美帆の浴衣を完全に脱がせた。こぼれでてきた女体は抜けるように色が白く、適度な肉がついていて、乳房もヒップも量感がある。

千春はふたたび覆いかぶさって、美帆の太腿の奥をまさぐり、

「身体は正直ね。こんなに濡らして……」

ちらりと美帆を見て微笑んだ。それから、足の間に身体を入れて、足を開かせる。次の瞬間、翳《かげ》りの底に顔を埋めた。

欄間越しに斜め上から覗いている孝之には、その様子が手に取るようにわかる。

「うんんんっ……！」

美帆はくぐもった声を洩らして、ぐんと顔をのけぞらせた。

「枕を貸して」

千春は枕をもらって、それを美帆の腰の下に入れた。

確か、腰枕と言って、これをすると、膣の位置があがり、クンニも挿入もしやすくなると聞いたことがある。

腰枕で少し高くなった雌芯を千春が舐めはじめた。

ゆっくりと丁寧に全体に舌を走らせている。美帆は必死に声を押し殺していたが、やがて、

「んんっ、ぁああ、ダメっ……ぁああ、はうぅぅ」

と、高々と顎をせりあげる。

(感じている……！　テレビで見たあの美人若女将が今、お客の女性にクンニされて、あんなに気持ち良さそうに喘いでいる)

まさかの光景を目の当たりにすると、孝之のイチモツはいっそう力を漲らせて、浴衣の合わせ目を突きあげる。

たまらなくなり、右手を入れて、勃起を握った。それはすでにカチンカチンで、ドクドクと脈打っている。

昂奮で目が霞んできた。

ぼやけた視界のなかで、千春の頭が動き、美帆の左右にひろがった足の、白足袋に包まれた爪先が反り、内側に折り曲げられているのが見える。

「気持ちいい？　訊いているんだけど」

千春が顔をあげて言い、

「はい……気持ちいいです」

美帆が三十五歳で、千春が二十九歳。美帆が年上なのに、主導権を握っているためか、千春が年上に見える。

性格も、美帆はやさしくて、従順なのだと思った。

「女同士だから、ツボがわかるのよ。どうしたら感じるか、手に取るようにわかるの。大丈夫よ。わたしにはペニスがないから、あなたを犯そうとしても犯せない。だから、安心して身を任せて、ねっ？」

千春が言って、美帆がこくんとうなずいた。

女性の性感帯がわかる分、千春は男性より上の存在かもしれない。

そして、千春がまたクンニをはじめた。

台形に繁茂した恥毛の底に舌を走らせる。

きっと、クリトリスを舐めているのだろう、顔を動かしたり、じっとしたりして、しつこく陰核を舐めしゃぶっている。

「ぁあああ、あああ、いやいや……そこ、弱いんです。ぁああ、上手だわ。とても上手だわ……あっ、あっ、んんん」

おそらく吸われたのだろう、美帆が顔を大きくのけぞらせ、下腹部をせりあげる。

すると、千春はクリトリスを舌であやしながら、両手を伸ばして、乳首を指で愛撫した。

美帆の三十五歳の乳房は丸々としてたわわで、微塵の崩れもなく、濃いピンクの乳首がツンと勃っていて、唾液にまみれてぬらぬらと光っている。

千春はその突起を親指と中指でつまんで、左右にねじりながら、時々、トップを人差し指で叩く。

同時に、翳りの底を執拗に舐めるのだ。

見ているだけでも、こんなことをされたら、女性はたまらないだろうなと思った。

多分、千春はこういうことに慣れている。レズビアンなのだろう。

「ぁああ、あああ、気持ちいい……欲しくなった。欲しいわ」

美帆がくなっと腰をよじった。

(ああ、今、俺が出て行けば、このギンギンになったものを押し込めるのに……)

そのとき、千春が右手の中指を舐めた。

唾液にまみれた中指を、膣口に押し当てる。次の瞬間、透明なマニキュアの施

された長い指が翳りの底に姿を消して、

「ぁあああうぅぅ……！」

美帆が顎を突きあげた。

「そうら、入った。美帆のオマ×マンはぬるぬるね。熱いよ。燃えたぎっているわ……いやらしいオマ×コだわ。ひくひく締めつけて、なかへなかへと吸い込もうとする」

「ぁああ、言わないで……」

「本当のことだから、しょうがないじゃないの。ああ、すごい……マン汁が洩れてくる……そうら、これでどう？」

千春は中指を押し込んだり、引いたりした。すると、

「やぁあああ……はうぅぅ」

美帆は大きな声をあげてしまい、いけないとばかりに右手の手のひらで口を押さえた。そうやって、喘ぎ声を封じながらも、

「んんんっ、んんんんん……！」

低い声を洩らし、指のストロークに連れて、下腹部をせりあげる。

白足袋を穿いた足を布団に突いて踏ん張りながら、抜き差しを受け止めて、顎

を大きく反らせる。

孝之は千春の肩ごしにその光景を見ることになり、ますます昂奮してしまう。

「一本じゃ、物足りないのね？　指を二本にしようか？」

「……………」

「無言？　じゃあ、一本でいいのね？」

千春が言って、美帆が首を左右に振った。

「一本じゃ、物足りないんだね？」

今度は、千春は首を縦に振る。

「最初から、二本がいいですって素直に言えばいいのよ」

「……ゴメンなさい」

「美帆は謝るときは殊勝でいいわ。そそられるわよ」

千春は男のように言って、中指に人差し指を加えた。二本の指をからみつかせるようにして、それを押し込んでいくと、

「ぁあああ……いい！」

美帆が顔をのけぞらせる。

「一本より、二本のほうがいいのね？」

「はい……はい……ぁあああ、そこです！」

千春が顎を突きあげた。

「やっぱりGスポットが感じるのね？」

「はい、そこがいいの」

「こう？」

千春は二本の指で膣の腹側を擦っているようだった。それをつづけられて、美帆の様子がさしせまってきた。

「ぁあああ、あああ……いいのよ。蕩けちゃう……あそこが蕩けちゃう！」

美帆がうっとりとして言う。

「あそこって、どこのこと？」

「……言えません」

「言えないなら、抜くよ」

「ああ、それは困ります」

「だったら、言いなさい。どこが蕩けるの？」

「……オ、オマ、オマ×コです……ぁああ、いやっ」

そのものズバリの名称を口にして、美帆は恥ずかしそうに両手で顔を覆う。

「よく言えた。エラいね、美帆は……いいんだよ、イッても」

千春は指で膣を攻めながら、もう片方の手で乳房を揉みしだき、尖っている乳首をつまんで転がす。

つづけるうちに、美帆の様子がいよいよ逼迫してきた。

「ぁあああ、もう、もうダメっ……イキそうです。イッていいですか？」

「いいんだぞ、イッて……そうら、ここが感じるだろう」

千春が最後は男言葉で言って、指を抽送させながら、乳首を指で転がす。

「ぁああ、あああああああ……」

美人若女将が身悶えをしているのを見て、孝之の昂奮もマックスに達した。

（もう少しだ。出てしまいそうだ！　おおぅ、我慢できない）

猛烈に勃起をしごいたとき、夢中になりすぎて、バランスが崩れた。

アッと思ったときはすでに遅く、仕方なく孝之は丸椅子から飛びおりた。

3

音がした、絶対に。

隣室にもこの音は響いたはずだ。

慄然としつつも息を潜めていると、ドアが開いて、浴衣をはおった千春が姿を現した。

「きみ……！」

「すみません。眠ってしまって、起きて、ここにやってきたら、その声が聞こえたから……」

「それで、ついつい覗き見していたわけ？」

壁際には丸椅子が置いてあるので、言い訳できない。

「はい……すみません」

千春はちょっと考えて、言った。

「いいわ。きみを仲間に混ぜてあげる。わたしが上手くやるから、話を合わせて。美帆さんとしたいんでしょ？　いまだにオチ×ポが勃ったままじゃないの」

「ああ、すみません」

「こっちもオチ×ポが必要だったから、ちょうどいいわ。来て！」

「はい……」

（オチ×ポが必要って、つまり、これを挿入するってことだよな。いいのか、そんなことして？）

孝之は戸惑いつつも、嬉々として千春の後をついていく。

自分がしたことは本来なら最悪だが、千春なら上手くやってくれるだろう。

生まれ持ってのリーダー気質というやつだ。将来は独立して美容室をやりたいと言っていたが、この感じならきっと上手くいくだろう。

千春の後で隣室に入ると、美帆は浴衣をはおって、布団に座っていた。どこか陶然とした顔をしていた。きっと、さっき気を遣《や》ったので、いまだ頭がまわらないのだ。

それでも、孝之の姿を見て、ハッと顔を強張らせ、衿元をよじり合わせた。

「美帆さん、この子は大丈夫だから、心配要らないわ。じつはね、野口くんはあなたの大ファンらしいの。テレビの『美しき若女将たちの肖像』を見て、それ以来のファンらしいの。そうだよね？」

「はい……だから、この旅館に泊まりにきました」

「それで、わたしがこの部屋に呼んだの。美帆さんと呑むから、よかったら、いらっしゃいって。どうして遅れたの？」

「すみません。俺、満腹になって眠ってしまって……目覚めたら、この時間で。

それで部屋の前まで来たら、あの……若女将の声が聞こえて……それで、ついつい、隣から覗いてしまいました。ゴメンなさい。このとおりです」

孝之は畳に正座して、額を擦りつけた。

「あの……全部、見られたんですか？」

美帆がおずおずと訊いた。

「途中からですけど……きっとはじまったばかりのときだったと思います」

「ああ、わたし、どうしよう……」

美帆が両手で顔を覆って、顔を伏せた。

「大丈夫よ。じつはこの子、わたしたちを見ながら、シコシコやっていたみたいよ。そうよね？　盗み見しながら、センズリこいてたよね？」

「はい……夢中になりすぎて、椅子から落っこちゃって……それで。すみませんでした」

孝之はまた額を畳に擦りつける。

「だから、美帆さんは恥ずかしがることないのよ。見せてやったと思えばいいわ。野口くんもいい思いをしているんだから……もう、ほんと、いやだわ。まだ、勃ってるじゃないのよ。それを、美帆さんに見せなさい。罪滅ぼしとして……

立って」

　孝之がおずおずと立ちあがると、千春がやってきた。孝之の浴衣の前をはだけて、裾を半幅帯に挟んだ。

　下半身が丸見えになって、ギンといきりたつ肉柱があらわになった。

　それを目にした、美帆が「いやっ」とばかりに顔を伏せる。

　千春が言った。

「美帆さん、提案なんだけど、この悪い子に二人でお仕置きしてあげましょうよ」

「えっ……？」

「このままだと、万が一、この子が見たことをべらべら喋っちゃうってことだってあるでしょ？　だけど、仲間に引きずり込んだら、それもできない。そうよね？　野口くん……」

「……ああ、はい」

「ほらね……いいわ。まず、わたしが最初にするから、後はあなたに任せるわね……。あっ、ちなみにこの子の体験人数はひとりらしいわよ。だから、セックスを教えるつもりですればいい……野口くん、浴衣を脱いでから、そこに仰向けに寝なさい」

千春が布団を指差す。

孝之は言いつけどおりに浴衣を脱ぐ。すると、美帆が布団を空けてくれたので、孝之はそこに仰向けに寝た。

いまだにそそりたちつづけるイチモツが恥ずかしくて、手で隠す。

「ダメよ。いまさら隠しても遅いのよ。その手をどけなさい！」

千春にビシッと言われて、孝之は手を外す。

中傷されても、いっこうにふにゃっとならない分身が、自分でも誇らしい。

「ほんとに元気ね。もうさっきからしたくてしょうがないのよね？」

「はい……すみません」

「本当は美帆さんとしたいんでしょうけど、わたしで我慢してよ」

一糸まとわぬ姿になった千春が覆いかぶさるように胸板にキスをした。ちゅっ、ちゅっと乳首にキスをして、頰張った。

口のなかで舌をちろちろと這わせて、スーッと舐めあげる。

「あっ……！」

思わずびくっとした孝之を微笑ましく見つめ、右手をおろしていく。

下腹部でそそりたっているものを握って、ゆっくりとしごいて、余っている皮を上下動させる。その皮が亀頭冠のくびれを刺激していて、一気に快感が高まる。

「ぁああ、ダメです」

「どうして？」

「すみません。あんまりされると、出ちゃいます」

「もう……？」

「はい……あの、さっきから覗きながらしごいていたんで、ぎりぎりまで」

「なるほど。じゃあ、指でされるより口でされたほうがいいよね？」

「はい、それはもちろん……」

「美帆さん、悪いけど、この子をお口でしてあげて」

千春がまさかのことを言った。

「美帆さん、わたしとのことをこの子にばらされることを考えたら、おフェラくらい、何でもないでしょ？」

「……でも、わたし、しばらくしていませんし……」

「大丈夫よ。多少、下手なくらいのほうが。上手すぎたら、きっとすぐに出してしまうと思うの。だから、してあげて。自分のためだと思って」

美帆はためらっていたが、身の安全を考えたらそうしたほうがいいと判断したのだろう。おずおずと近づいてきて、孝之の足の間にしゃがんだ。

幾何学模様の浴衣を着て、白足袋は穿いたままで、長い黒髪が肩や胸に散っていた。

袖から伸びた色白の指が近づいてきて、分身にからみついてくる。

しなやかな指で握り込まれただけで、イチモツが歓喜で頭を振った。

それを感じたのか、美帆は一瞬びくっとしたが、すぐに孝之を見て、瞳を輝かせた。

やはり、美帆も『女』なのだ。

三十二歳で夫に先立たれたのだ。身体が開発された頃になって、いきなり夫に亡くなられては身体が寂しいに決まっている。

羞恥心が邪魔をしているのか、美帆はおずおずとしごいてきた。

しかし、孝之にはその遠慮がちな扱い方がたまらなかった。

美帆はしばらくつづけてから、何かを振り切るようにして顔を寄せ、亀頭部にちゅっ、ちゅっとついばむようなキスを浴びせてくる。

「お、あっ……！」

思わず声をあげてしまうと、美帆が見あげてきた。眉根を寄せて不安そうな顔をしていたが、やがて、それが気持ち良くて出た声だとわかったのか、安心したように微笑んだ。

それから、また亀頭部にキスをした。

ぐっと姿勢を低くして、裏筋を舐めあげてくる。

ツーッ、ツーッと敏感な箇所を舌でなぞられて、分身がまた頭を振った。

すると、美帆は顔をあげてにこっとした。

垂れて顔を隠している長い髪をかきあげて、片方に寄せ、ちょっと顔を傾けた姿勢で、肉柱の側面に唇を走らせる。

それを何度か繰り返して、今度は亀頭部を上から頬張ってきた。

根元を握ったまま、余っている部分に唇をかぶせて、短いストロークをする。

ぷっくりとして柔らかな唇と粘っこい舌が敏感なカリを刺激して、ジーンとした、痺れるような快感がうねりあがってきた。

(ああ、気持ちいい……全然、下手じゃない。むしろ、情熱的で上手だ)

快感がますますふくれあがってきて、孝之は目を瞑《つむ》りたくなる。しかし、それをしたら、せっかくのフェラ顔が見えなくなる。

孝之はこらえて、美帆の口許を見る。

ふっくらとした唇が勃起の形に開いて、上下動するたびに唇が微妙に形を変える。鼻の下が長くなっている。それだけ、一生懸命に孝之のイチモツを頬張ってくれているのだ。

これが、現実だとは思えない。

自分はさっきの夢のつづきを見ているのかもしれない。

夢なら、醒めないでほしい。絶対に。

うっとりしていると、千春が声をかけてきた。

「気持ちいいでしょ？」

「ああ、はい……すごく」

「きみはとても敏感なのね。ほら、乳首もこんなにカチンカチンになった。小さいのに、精一杯勃起してるわ。ふふっ、きみのおチ×チンのことじゃないわよ。きみのおチ×チンはなかなか立派よ。太さは普通だけど、長くて硬い。それに、カリが張っていて、抜き差しされたら粘膜を逆撫でされて、気持ち良さそう」

千春は乳首をいじりながら、アーモンド形の目で見つめてくる。

きっとお世辞に違いないと思いつつも、悪い気はしない。

そのとき、美帆が指を離して、本体を口だけで頬張ってきた。いきなり、ずずっと奥まで咥えられて、

「ああっ、くうぅぅ……！」

孝之は唸る。

こんなに根元まで覆われたのは、これが初めてだ。童貞を捧げた、大学の旅のサークルの先輩は途中までしか咥えてくれなかった。

(そうか……こんなに根元までしゃぶってくれるんだ。苦しくないんだろうか？)

頭を持ちあげて、美帆を見た。

長い黒髪が顔の半分以上覆っていて、よく見えない。しかし、自分の勃起がほぼ見えなくなっているのはわかる。それだけ、深く咥えてくれているということだ。

美帆はもっとできるとばかりに、さらに頬張ってきた。

唇がモジャモジャの陰毛に接するまで咥えて、

「ぐふっ、ぐふっ」

と、噎《む》せた。

していた。やはり、つらいのだ。しかし、それでも美帆は吐き出そうとはせずに、じっとしている。

ようやく、唇が動き出した。ゆっくりと唇を引きあげていき、亀頭冠まですべらせる。

自分の反り返ったおチ×チンが唾液でぬるぬるになって、そこをまた赤い唇が這う。今度はおろしてくる。

根元まで呑み込んで、そこから、またゆっくりと引きあげていく。

大量の唾液がたらたらっと肉柱を伝って、陰毛に落ちる。陰毛をべとべとにしながらも、美帆は顔を上げ下げして、血管の浮き出た陰茎に唇をすべらせる。

すごい光景だった。

「ぁああ、気持ちいいです……たまらない」

思わず言うと、千春がキスしてきた。

孝之の口に唇を押しつけ、舌を入れて、なかの舌にからめてくる。

舌を預けると、その舌を吸ってくる。

同時に、下腹部のイチモツをぐちゅ、ぐちゅと唾音がするほどに情熱的にストロークされて、孝之は急激に高まった。

強引にキスをやめて、

「ダメです。出そうです！」

孝之は訴える。

「どうする？　美帆さん。入れられる？」

「いえ、それはちょっと……」

「じゃあ、野口くんに愛撫されるというのはどう？　きみも夢にまで見た若女将のオッパイを吸いたいでしょ？」

「はい。それはもう、したいです」

「だそうよ。挿入がダメなら、せめてそのくらいは許してあげたら。美帆さん自身のためだから」

千春に言われて、美帆は少し考えてから、言った。

「わかりました。でも、挿入はダメですよ」

「はい……無理やりはしません」

孝之がきっぱり言うと、美帆は安心したのか、半幅の帯を解き、浴衣を肩からすべり落とした。

白足袋だけ穿いて、あとは全裸という格好で、布団に仰向けに横たわり、両手を交錯させるようにして乳房を隠し、太腿をよじり合わせた。

4

たわわに実った形のいい乳房が目の前で息づいている。

孝之は大きなふくらみをおずおずと揉む。すると、柔らかな肉層が指にまとわりついてきて、青い血管が透け出るほどに乳肌が薄く張りつめる。

孝之はさっき見た千春の愛撫を思い出して、それを真似る。

広めの乳輪からせりだしている濃いピンクの突起を、かるく舐めた。

上下にゆっくりと舌を走らせ、左右に速く舌を横揺れさせると、

「ぁあうぅぅ……ぁあああああ」

美帆が切なげな喘ぎ声を洩らした。

「美帆さん、気持ちいいのね？　野口くんに乳首を舐められて、感じているのね？」

千春に訊かれて、美帆は答える。

「はい……わたし、すごく感じています。恥ずかしいのに、すごく……」

「いいのよ、それで。女同士もいいけど、最終的には男と女なのよね。だから、いいのよ、いっぱい感じて……どうせわたしたちは明日にはいなくなる。このことは絶対に口外しない。だから、自分を解き放って……わたしたちはあなたに愉しんでほしいの。イッてほしいの」

「……ぁあああ、それ！」

孝之が乳首を思い切り吸うと、美帆は嬌声をあげて、のけぞった。

吸引を繰り返すと、美帆はがくん、がくんと震えて、

「あっ……あっ……あっ……やぁあああ、許して……もう許して……おかしくなる。わたし、おかしくなる」

顎を大きくせりあげる。

そのとき、千春が動いた。美帆の足の間にしゃがんで、再び腰枕をして高くなった女陰をクンニしはじめる。

千春は足を開かせて、翳りの底を丹念に舐める。狭間に舌を走らせ、さらには肉芽を舌で転がし、吸う。

それを見ながら、孝之も片方の乳首を舐め、もう一方の乳首を指で転がす。

二人がかりで美しい未亡人女将を攻めている。そのことが、孝之を昂らせた。

それは美帆も同じなのだろう。

乳首を愛撫され、下腹部をクンニされて、美帆は身悶えをはじめた。

「ぁあああ、あああぁ……おかしいの。わたし、おかしいんだわ。こんなことされているのに、気持ちいいの。ぁあああ、ちょうだい。熱いの。あそこが熱いの。疼《うず》いているのよ……ぁあああ、ください。ください……」

とうとう美帆が性欲を剝き出しにした。

千春が口を陰部に接したまま、訊いた。

「くださいって……何が欲しいの」

「……ああ、これよ」

美帆が右手を伸ばして、孝之の股間からそそりたっているものを握ってきた。

「それって、野口くんのおチ×チンよ。いいの？　さっきはいやがっていたでしょ？」

「いいの。これが欲しい」

美帆が言う。強烈な欲望に理性が負けてしまっているのだ。

千春が孝之を見て、うなずいた。それをゴーサインと受け取って、孝之は千春の代わりに、美帆の足の間に腰を割り込ませる。

すらりとしているが、太腿はむっちりしている足をすくいあげ、切っ先を押し当てようとする。だが、長い間、セックスしていないので、どこが入口なのかはっきりしない。

しかし、ここで戸惑っていては、美帆に興醒めされる。

(落ち着け。冷静になれば、できる!)

幸いに、股間は腰枕であがっているから、視覚的に入口をとらえることができる。黒々とした翳りの底に、薄赤く色づいているところがある。

切っ先を押しつけて、ぬかるみをさぐった。すると、落ち込んでいく窪みがあって、ぐいと突き出すと、粘膜がほぐれる感触があって、

「うあっ……!」

美帆が低く喘いだ。

次の瞬間、切っ先がとても窮屈なところをこじ開けていき、そのまま奥へとすべり込んでいって、

「ぁあああ……!」

美帆が顔をのけぞらせて、シーツを鷲づかみにした。

「あ、くっ……!」

と、孝之も奥歯を食いしばる。そうしないと、洩れてしまいそうだ。それほど、美帆の膣はざわつきながら、肉棹にからみついてくる。

（ああ、気持ち良すぎる……！）

童貞を捧げた先輩はこれほどではなかったような気がする。やはり、女性各々によって、膣の具合が違うのだろう。

しかし、気持ち良すぎて、このままピストンしたら、すぐにでも放ってしまいそうだ。

孝之は膝裏をつかんで、足を開かせたまま、ストロークできずにじっとしていた。

すると、それを見た千春が、美帆の唇にキスをした。

ちゅっ、ちゅっとついばむようなキスが濃厚なキスに変わり、千春は同時に乳房を揉みしだく。

すると、膣が締まって、イチモツを強烈に食いしめてきた。

「あ、くっ……！」

孝之は放ちそうになって、奥歯を嚙みしめる。

千春はキスをおろしていき、乳房にしゃぶりついた。たわわなふくらみを揉みしだきながら、乳首を舐め、吸う。

「ぁあああ、ああうぅぅ……」

美帆がぐーんと顔をのけぞらせて、そのたびに、また膣が孝之の勃起をぎゅっ、ぎゅうと締めつけてくる。

美帆は二人がかりで攻められて、高まっている。

もちろん、孝之には初体験である。

昂奮のあまり、自分をコントロールできなくなった。

(ええ、どうにでもなれ!)

孝之は静かに抽送を開始する。

なるべくイチモツに刺激を与えないように、ゆっくりと少しずつストロークをする。

浅瀬を短いストロークで繰り返し、抜き差しすると、それも感じるのか、

「ぁああ、あうぅぅ……気持ちいい。それ、気持ちいい……」

美帆はもっとしてとばかりに、結合部分をせりあげる。

孝之もいっそう昂ってきた。すると、ついつい力が入ってしまい、徐々に深いところに打ち込んでいた。

ずりゅっ、ずりゅっと亀頭部が窮屈な祠を押し広げていくと、美帆はもうどうしていいのかわからないといった様子でシーツを鷲づかみにして、開かれた足の白足袋に包まれた爪先をきゅうと反らしたり、折り曲げたりする。

「イキそうなのね？」

千春に訊かれて、

「はい……イキそう」

美帆が掠れた声で答える。

「いいのよ、イって……」

「でも、声が洩れてしまうわ」

「じゃあ、こうしようか」

千春は自分の右の手のひらで、美帆の口許をふさいだ。

「ほら、こうしたら、大きな声は出ない。いいのよ」

千春はそう言って、右手で美帆の口を押さえながら、左手で乳房を揉みしだき、乳首を捏《こ》ねる。

それを見て、孝之はもう完全に自制できなくなった。

（イカせてやる。あの夢にまで見た若女将をイカせてやる！）

孝之はスパートした。このままでもどうせ出てしまう。それならば、美帆とともにイキたい。膝の裏をつかんで、開かせながら思い切り叩き込んだ。

「あんっ、あんっ、あんっ……イク、イク、イッちゃう……」

美帆は千春の手のひらに邪魔されながらも、くぐもった声を洩らす。

「いいのよ、イッて……そうら、イクのよ。わたしの前で恥ずかしい姿を見せなさい！」

そうけしかけて、千春は乳首を吸い、揉みしだく。

孝之は最後の力を振り絞った。つづけざまに深いところに届かせる。すると、奥の扁桃腺みたいにふくらんだ部分がまとわりついてきて、さらに快感が高まった。奥歯を食いしばって打ち込むと、

「あんっ、あんっ、あんっ……ぁああ、イキます。イク、イク、イッちゃう……いやぁああうぅぅぅ！」

美帆はくぐもった声を手のひらとの隙間から洩らして、ぐーんとのけぞった。

膣がオルガムスの痙攣をして、勃起を包み込んでくる。

駄目押しとばかりに打ち込んでから、孝之はとっさに結合を外し、分身をしごいた。すぐに白濁液が放たれて、それが、美帆の腹部を穢していった。

5

孝之は千春とともに、露天風呂に来ていた。

あれから、しばらくして美帆は帰り、残された二人は露天風呂に向かった。

この旅館には貸切の露天風呂があり、夜中には空いているというので、若女将である美帆に許可をもらい、こうして岩風呂につかっている。

四人家族が楽に入れるくらいの広い岩風呂の洗い場には、石の灯籠が立っていて、その明かりが色づいて真っ赤に燃えたようなモミジを照らしていて、その赤が目に染みるようだ。葦簾《よしず》の向こうにも、緑と黄色、橙と赤の錦絵のような紅葉がひろがっている。

「わたしと出逢えて、よかったでしょ？」

隣に身体を沈めている千春に言われて、

「はい……何か夢のようです」

孝之は感激して答える。

「そうよね。まさか、ここの若女将とできるなんて、思いもつかなかったでしょうね」

「はい……今も、何か信じられません」

「感謝してほしいわ。あんな遅れてきて、覗き見までして……本当なら、ひたすら謝って終わっているところだからね」

「わかっています。すごく感謝しています」

「本当に？」

「もちろん」

孝之はきっぱりと答える。

湯船のお湯が比較的浅いせいか、さっきから、千春のたわわな双乳の上半分が見えて、深い谷間までのぞいている。

もう少しで乳首まで見えそうで、股間のものが頭を擡《もた》げつつある。

「感謝しているなら、これからわたしと組まない？」

千春がよく理解できないことを言って、こちらを見た。

宝塚の男役みたいにととのって、きりりとした顔が今は上気して、妖しさを増している。

「組むって……？」

「じつは、わたしはバイセクシャルなの。わかる、バイって？」

「はい、一応……男とも女とも両方セックスできるってことですよね？」

「そう……その上、わたしはきみと同じで、温泉旅行が大好き。きみも大好きだよね？」

「はい、もちろん」

「とくに、女将なんか大好物よね？」

「そうです。だから、今夜はもう舞いあがってしまって」

「じつは、わたしも女将が大好物なの。言っていることはわかる？」

千春がお湯のなかで右手を伸ばして、孝之のイチモツに触れた。

ここは乳白色の温泉だから、お湯のなかは見えない。しかし、千春が分身を握っていることは感じる。

「……多分、わかります。レズの相手としてってことでしょ？」

「そう。でもね、今日みたいに上手くいくことはまずないの。だいたい、女性のひとり旅は警戒されるしね。たとえば旅館の部屋を取るにしたって、男女のカップルのほうが取りやすいじゃない？」

「ああ、はい……それはそう思います。ひとり当たりの宿泊代だって安くなりますしね」

「そう。だから、これからわたしたち、一緒に旅しない？　もちろん、お互いに都合がいいときだけでいいのよ。カップルとして行ったら、わたしもきみも怪しまれずに済むでしょ？」

「ああ、いいですね。でも、千春さんは俺のこと、好きじゃないでしょ？」

「そうでもないわよ。逢った瞬間から、感じのいい子だなって、合いそうだなって……だから、部屋に来なさいって、誘ったんじゃない」

千春がぐっと身体を寄せてきた。

「組もうよ。そうしたら、きみにもいいことをしてあげる」

足を伸ばして岩風呂に座っている孝之を、千春は正面からまたいだ。そのまま身体をお湯につける。

勃起は千春の体内に入っていない。おそらく太腿の狭間でいきりたっている。

「触っていいよ」

千春が孝之の手を乳房に導いた。

もう充分に見てはいるものの、こうして目の当たりにするとまた違う。

直線的な上の斜面を下側の充実したふくらみが押しあげていて、中心より少し上に、透き通るような薄いピンクの乳首がツンと上を向いていた。

おずおずと揉むと、肌にもいいとされる温泉のお湯のせいか、肌はつるつるで、なおかつ柔らかくたわみながら、指に吸いついてくる。

「ああ、気持ちいい……ウズウズしちゃう。あうぅぅ」

千春が喘いで、くなっと腰をよじった。

「やっぱり、男にされてても感じるんですね？」

「そうよ。言ったでしょ？　バイだって」

「でも、それだったら、男性を相手にするだけで充分じゃないですか？」

「そうはならないみたいよ。どちらかを選べと言われたら、女性かな……でも、男でもイケるのよ。きみでも……ねえ、吸って」

千春が乳房を突き出してきた。

孝之は低くなって、たわわなふくらみにしゃぶりつく。下から揉みあげながら、乳首を舐めた。

上下に舌を走らせ、左右に弾くと、乳首はあっと言う間に、硬くしこってきて、

「ぁあああ、いいのよ……上手よ。きみ、上手……ぁああうぅぅ」

千春は顔をのけぞらせて、背中をしならせる。

夢中で乳首に吸いつき、断続的に吸う。

「んっ、んっ、んっ……ぁああうぅ、気持ちいい……野口くん、千春すごく気持ちいい……ぁあああ、ねえ、これをしゃぶりたくなった」

千春が甘えたように言って、白濁したお湯のなかで勃起を握ってきた。

「ねえ、しゃぶらせて」

「いいんですか？」

「いいから、言っているんじゃないの。いやなら、しないけど」

「してほしいです」

孝之は思いを告げる。

千春に指示されたように、岩風呂の縁の平たい石に腰かけて、足を開く。

すると、千春は正面にしゃがんで、いきりたつものを握った。ゆっくりとしごきながら、孝之を見あげてくる。

最高の場面だった。

白濁したお湯からは、湯けむりがあがって、千春の上半身が白く煙っている。

すでに、豊かな乳房は丸見えで、そのお湯にコーティングされた肌から、水滴がしたたっている。

しかも、千春はととのった目鼻立ちをした本物の美人なのだ。

おそらく、多くの男が千春にせまっては、振られていることだろう。まさかこの人がレズだなんて、考えつかない。

千春が顔を寄せてきた。

ギンとして鋭角にそそりたっているものの、頭部にちゅっ、ちゅっとキスをした。それが頭を振ると、孝之を見あげて微笑んだ。

それから、一気に唇をかぶせてきた。

大胆に根元まで頬張って、なかで舌をからませてくる。

信じられなかった。こんなに深く咥えて、なおかつ舌で裏のほうを擦りあげてくるのだ。

よく動く強靭な舌がねろり、ねろりと裏筋をしごいてくる。

「ああ、すごい……舌がすごい!」

思わず言うと、千春は浅く咥え直して、亀頭冠を中心に短いストロークで擦りながら、孝之を見あげてくる。

その悪戯っぽい目が魅力的だった。

千春は右手で根元を握り、ゆったりとしごく。そのリズムに合わせて、亀頭冠を唇で擦ってくる。

(ああ、気持ちいい……蕩けるようだ)

孝之はうっとりと目を細めた。

快感で霞む目に、鮮やかな紅葉と近くのライトアップされたモミジの赤が飛び込んできた。

(そうか……俺は露天風呂で紅葉を眺めながら、こうされたかったんだな)

実際にされて初めて、自分の願望がわかる。

紅葉の景色と、自分の肉棹を頬張ってくれる美女のフェラ顔……。

「んっ、んっ、んっ……」

気合を入れて吸われ、ジュルルと唾液とともに啜られると、えも言われぬ快感がうねりあがってきた。

「ああ、ダメだ。千春さん、出そうです」

ぎりぎりで訴えると、千春はちゅるっと吐き出して、両手を岩風呂の縁に突いて、腰を突き出してきた。

「いいよ、して……思い切り、突いていいよ」

千春が神様に見えた。

すらりと長い足がひろがって、その上にぷりっとしたかわいらしいヒップが載っている。

柔らかそうな繊毛から、ぽたぽたっと水滴がしたたっている。

孝之は後ろについて、いきりたつものを尻たぶの底に押し当てた。

上下に動かすと、ぬるっとした沼地があって、そこめがけて静かに押し込んでいく。すると、とても窮屈な粘膜の道を切っ先が押し広げていく確かな感触があって、

「はううぅぅ……！」

千春が顔を撥ねあげた。

孝之は歓喜をこらえる。

（おおぅ、キツキツだ！）

さっき放っていなければ、きっとあっと言う間に射精してしまうだろう。そう思わせるほどに、内部は緊縮力が強い。

射精感をやり過ごそうとじっとしていると、焦れたように千春が自分から腰をつかいはじめた。

全身を使って、尻を叩きつけてくる。

パチン、パチンと乾いた音がして、

「あんっ……あんっ……あんっ……」

千春の喘ぎがスタッカートする。

こうなると、孝之も積極的に動きたくなる。

孝之は両手でくびれたウエストをつかみ寄せる。それから、自分も腰をつかう。

ぐいっ、ぐいっとえぐり込むと、後ろに突き出される膣と前に進むペニスが衝突して、

「あんっ……！」

千春が顔をのけぞらせる。

孝之は同じリズムで打ち込んでいく。ずりゅっ、ずりゅっと勃起が体内を奥までえぐっていき、

「あんっ、あん、ああん……」

千春が心から気持ち良さそうな声をあげる。

激しく波打つ水面から、白い湯けむりがあがって、時々、表面を動く風で横にたなびく。

上を見ると、錦絵のような紅葉の真上にほぼ満月がかかっていて、黄色く光っていた。

孝之はその憂愁の満月を眺めながら、打ち据えていく。

まさかこんなラッキーが待っていようとは……。これも、千春に出逢えたからだ。

最高だった。

たわわな胸をもう一度味わいたくなって、右手を横からまわして、乳房をつかんだ。温かいふくらみを揉みしだき、びっくりするほどに勃起している乳首をつまんで転がす。

すると、それが効いたのか、千春の気配が一気に変わった。

「ああ、それ、いい……ぁああ、乳首を捏ねながら、突いて……そうよ、そう……ぁあああ、イキそう。ねえ、わたしイクよ」

「いいですよ。イッてください。俺も出そうです」

「いいよ、中出ししても。わたし、妊娠しないの。医師からそう診断されたの。だから、大丈夫……安心して、出して……ぁあああ、欲しい。きみの濃いミルクが欲しい！」

「ぁあああ、おおおぅ、イキますよ。出しますよ」

「あんっ、あんっ、あんっ……ぁあああ、イクわ。イク、イっちゃう……いやぁあああああぁぁぁ！」

千春の嬌声が響き、次の瞬間、孝之も熱い男液をしぶかせていた。

第二章　同性の蜜の味

1

二週間後、孝之は宮崎千春とともに草津《くさつ》温泉に来ていた。

今回の旅のターゲットは、ここから車で一時間のところにある四万《しま》温泉で旅館を切り盛りしている若女将だった。

行き先を四万温泉と決めたところで、孝之が天下の名湯である草津温泉に行ったことがないと言うと、千春は絶対に行くべきよと、草津に一泊して、その後、四万温泉にまわるというプランを考えてくれた。

当日、二人は上野から特急草津に乗って、長野原草津口駅で降り、そこからバスで草津に着いた。

初めて来た草津温泉は、噂どおりに湯畑が見事だった。

近づくにつれて硫黄臭がかすかに匂い、広場の中心に白い湯けむりのあがる湯畑があった。

源泉の高い温度をさげるために十本ほどの長い湯樋《ゆとい》が走っていて、温度の下がったお湯が滝となって、湯溜に落ちている。

その湯溜はあざやかなエメラルドグリーンで、その色合いが鮮烈だった。

まるで、ひとつの芸術作品か、オブジェを見ているようだ。

お湯の芸術というやつだ。

周囲には幾つかの公衆浴場や足湯があり、お土産屋さんや食堂も並んでいる。

浴衣に袢纏をはおったカップルやオバサンたちが散歩していて、ここはとくに賑やかだ。

「夜になってライトアップされると、すごく幻想的になるのよ」

千春が言って、孝之の腕にぎゅっとたわわな胸を押しつけてくる。

水色の薄いダウンジャケットを着ているのだが、ダウンを通しても、胸の豊かな弾力が伝わってきて、ドギマギしてしまう。

チェックインしたのは、草津名物の湯畑が見える旅館で、孝之が女性と二人でひとつの部屋に泊まるのは、これが初めてだった。

日が暮れるのを待って、二人は西の河原露天風呂に向かう。

広々とした露天風呂で、金曜日の夜間だけは、特別に混浴になるらしいのだ。

『絶対に行こうよ。わたし、まだあそこの混浴、カップルで入ったことがないの』

と、千春が強く勧めてきた。

孝之としても、混浴にカップルでつかれるなんて、夢のような話だった。

西の河原のほうへと坂道をあがっていくと、谷川がすでにライトアップされていて、そのブルーが見事だった。

西の河原露天風呂が見えてきた。近くの山々も明かりが点いていて、幻想的な雰囲気をかもしだしている。

二人は受け付で湯浴み着をレンタルして、着替え、男湯と女湯に入っていく。

両者を隔てる壁に扉がついていて、そこから女性が、今は混浴になっている広い男性用露天風呂へと入ってこられるようだ。

孝之はトランクス型の男性用湯浴み着を穿いて、露天風呂につかる。

何百畳あるのだろうか、とにかく広い。草津には三カ所の源泉があるようだが、ここの温泉はさほど強い硫黄臭はしないし、透明感が強い。

白い湯けむりがあがっており、その向こうに紫色にライトアップされた山肌が浮かびあがっていた。黄色、橙、赤に紅葉していて、何だか夢のなかにいるようだ。

広々とした露天風呂の一部には天井のついた休憩所があり、ところどころに岩が突き出していて、打たせ湯のような滝も落下している。

(すごいな。カップルは絶対にこの混浴につかりたいよな)

周囲を見ると、圧倒的に若いカップルが多い。みんな幸せそうに寄り添っている。

女性も胸と下半身が隠れる、上下に分かれた茶色の湯浴み着をつけているので、肝心なところは見えない。それでも、女性用の湯浴み着は肩紐がなく、首で紐を結ぶ形のもので、肩が丸出しなので、裸かと見間違えてしまう。

それもあって、女性と同じ湯につかっているだけで、幸せな気持ちになれる。

(しかし、千春さん、遅いな)

どのくらいの時間が経過したのだろう。

ようやく、千春が扉を開けて、混浴風呂に姿を現した。

ショートヘアで茶色のタオル地の湯浴み着が張りついて、ボディラインを浮かびあがらせている。

驚いたのは、後ろに若い女性を従えていたことだ。

彼女はボブヘアのかわいらしい感じの顔で、目を引くのはその巨乳だ。

湯浴み着の持ちあがり方が半端ではない。小柄だが、色白でむちむちして、キュロットスカート風湯浴み着から出た太腿も健康的に張りつめていた。

千春がきょろきょろして孝之をさがしているので、孝之も手を大きく挙げて、振り、位置を示す。

千春が笑顔で向かってくる。その背後から、彼女もついてきた。

「紹介するね。こちら、岡崎愛実《おかざきまなみ》さん。愛する実りと書いて、まなみと読むのよ。いい名前でしょ？　ちょっと話したら、じつは愛実さん、二十歳で今、美容専門学校に通っているらしいのよ。わたしは現役美容師でしょ。だから、すごく気が合って……ひとり旅らしいのよ。しかも、びっくりしたのは、わたしたちと同じ旅館に泊まっているってこと……これは、神様のお導きとしか思えないでしょ？　ひとりで混浴は怖いって言うから、連れてきたの」

千春が言って、

「岡崎愛実です。すみません、お邪魔をしてしまって……」

愛実が申し訳なさそうに言った。

首で吊る形の湯浴み着なので、肩が丸見えになっていて、その丸みがセクシーだ。

色白の肌が温泉で仄かなピンクに染まり、湯浴み着のトップの隙間から、たわわすぎるオッパイがのぞいてしまっている。

「全然、大丈夫ですよ。俺は野口孝之と言って、大学生です……あっ、立っていたら冷えちゃうでしょ。どうぞ、お湯につかってください」

孝之が言うと、左隣に千春が座って、その隣に愛実が腰をおろした。

「不思議な縁でしょ？　まさか、この露天風呂で美容師志望の女の子に逢えるとは思っていなかったわ」

千春がこちらを見た。次の瞬間、股間に何かが触れるのを感じて、下を見ると、お湯のなかを千春の右手が伸びてきていた。

トランクス風湯浴み着のゴムの部分から手がすべり込んできて、イチモツをじかに握ってくる。

恥ずかしいことだが、そのときすでに孝之の分身は力を漲《みなぎ》らせていた。そこが硬くなっていることがわかったのだろう、千春はにっと笑って、そのまま握り込んできた。強弱をつけて圧迫してくる。

信じられなかった。二人なら、それもありかなと思う。いや、そうしてほしかった。しかし、今は彼女の隣にはさっきナンパ（？）したばかりの愛実がいるのだ。

湯けむりが立っているし、位置が遠いから見えないとは思うが、大胆すぎる。

「愛実ちゃんはどこの学校に行ってるんだっけ？」

千春が愛実のほうを向いて、訊いた。

「新宿にあるS美容学校です」

愛実が答えて、

「ああ、あそこか……そこなら大丈夫ね……」

などと、専門学校のことを話し、相談に乗ったりしながら、千春は右手で孝之の勃起を握りしごいてくる。

（ああ、何て女だ……くうぅ、気持ち良すぎる！）

愛実は千春との会話に夢中だから、まずこの右手の動きには気づかないだろう。

周囲にも、人はいない。

しかも、千春は緩急をつけ、握り方を変えて、いろいろなやり方でしごいてくる。

千春と出逢ってから、自分の性生活は変わりつつある。

この人と知り合うことがなかったら、きっと自分はまだ半分童貞の性生活を送っていただろう。

熱い快感が下腹からぐわっとせりあがってきて、孝之は目を細める。

風でたなびく白い湯けむりの向こうに、紫色にライトアップされた紅葉が見えた。

こうなると、受け身だけではいられなくなる。

孝之はお湯のなかで、慎重に左手を伸ばしていく。お湯は風で表面がわずかに波打っているから、愛実にははっきりとは見えないはずだ。

千春は足を伸ばして、座っている。

こちら側の太腿を撫でると、一瞬、千春の会話が不自然に途絶えた。すぐにまた会話がはじまった。

左手しか使えないから、やりにくかった。

それでも、どうにかして千春の太腿をお湯のなかで撫でさすっていると、その太腿が徐々にひろがってきた。

同時に、千春は孝之の勃起をしごく指に力を込める。

ぎゅっ、ぎゅっと湯浴み着のなかで勃起を力強く擦りながら、千春は足をますます開き、孝之の左手に下腹部を擦りつけてきた。

(ええい、これだけ話に夢中になっているんだから、愛実さんにはわからないだろう……!)

孝之は思い切って、キュロットスカートのような湯浴み着のゴムの上端から、左手をすべり込ませた。

すると、下のほうに繊毛らしきものと、ぬかるんだような割れ目が息づいていた。思い切って、そのクレヴァスに中指を押し当てる。

そのまま上下になぞると、お湯のなかでも明らかにぬめっているとわかる粘膜を中指が擦り、

「んっ……!」

ちょうど愛実の話を聞いている最中だったこともあり、千春はくぐもった低い声を洩らして、くなっと腰をよじった。

孝之が潤んだ部分をなぞっていくうちに、千春は勃起をしごくことができなくなったのか、ただただ勃起を握ったままになった。

(それほどに、感じているんだな)

やはり、千春はレズだけじゃない。男相手でも普通に感じるのだ。それもかなり敏感なので、孝之も昂奮して、理性が麻痺してくる。

(ええい、どうにでもなれ!)

中指を折り曲げて、ぐいと力を込めた。すると、滾《たぎ》った肉壺のなかにぬるりっと潜り込んでいって、

「うんっ……!」

千春はびくっとして、顎をせりあげた。

しかし、自分の悩み事を打ち明けるのに夢中になっている愛実は、先輩の異常には気づかないようだった。

孝之はここぞとばかりに中指で粘膜をかき混ぜる。

温泉のお湯が膣に入ったらマズいのではないか、と一応の心配はしたが、うねりあがる欲望には敵わなかった。

中指で天井を叩くようにする。

と、びくびくっと膣が締まってきた。

それをこじ開けるようにして、中指をスライドさせた。それから、天井側のGスポットのあたりを指腹で擦るようにする。

すると、感じてきたのだろう。

千春は膣の粘膜で中指を締めつけながら、下腹部を前後に揺すって、もっとちょうだいとばかりにせがんでくる。

孝之はちらりと愛実を見た。愛実はいまだに自分の話に夢中だ。おそらく、これまで自分の悩みを相談できる先輩などいなかったのだろう。

(よし、大丈夫だ。今のうちに……！)

孝之は中指で膣の粘膜を引っかき、ストロークする。それからまたGスポットを擦ってやる。

タン、タン、タンと膣のなかでノックするように打ちつけ、さらに、ざらついている天井を指腹で擦った。

すると、明らかに千春の様子がさしせまってきた。

だが、喘いだり、腰を激しく振ったりはできない。

千春は必死にそれをこらえているようだったが、やがて、我慢が一線を超えてしまったのだろう。

「んっ……！」

低く呻いて、お湯のなかでがくんがくんと腰を躍らせた。

膣が絶頂の収縮を示し、やがて、力が抜けていく。

昇りつめたのを確認して、孝之は膣から指を抜いた。

しばらくして、千春もようやく快感から解放されて、理性が働くようになったのだろう。愛実に回答をしはじめた。

「そういうときは、指導の先生に……」

というように相談に乗ってやっている。それから千春は、

「ちょっと、手相を見せて」

愛実の手を取って、手相占いをはじめた。

（さすがだな。手相は相手の手のひらに触れることができるから、親しくなるために、つまり、身体接触の一手段としてやっているんだろうな）

千春はやはり愛実の手に必要以上に触れているし、手のひらだけでなく、腕や太腿までも自然な感じでタッチしている。

愛実も少しは変に思うかもしれないが、信頼する先輩美容師がまさかレズビア

ンだなんて、夢にも思っていないはずだ。

ついに、千春はこちらに背中を向ける形で、愛実の手のひらをなぞって、

「この生命線が長いから……」

と話しながらも、必要以上にこちらに尻を向けてきた。しかも、誘うように振っている。

（どういうことだ？　この不自然な体勢は？　絶対に誘っているよな。そうか、またオマ×コを触ってほしいんだな）

孝之はお湯のなかで、キュロットスカートみたいな湯浴み着の脇から、股間に向けて手を忍び込ませた。

千春が腰を浮かしているから、簡単にオマ×コに触れることができた。

やはり、ぬるぬるだ。お湯のなかでも、そこが大量な蜜をあふれさせていることがわかる。

触れても、千春はいやがらない。

今度は、中指だけでなく人差し指を足した。二本の指をぬかるみに押し当てると、千春が自分から腰を後ろに突き出してきた。二本の指がぬるぬるっと嵌まり込んでいって、

「んっ……！」

千春が一瞬、顔をのけぞらせた。

「大丈夫ですか？　さっきから時々、先輩、おかしいです」

愛実が心配そうに言う。

「何でもないのよ。わたし、長い間お湯につかっていると、なぜか時々、急に体がかゆくなったりするの。へんな癖でしょ？」

千春が答えて、

「今の件だけど、手相によれば、愛実ちゃんは生命力も強いし、バイタリティが人並み以上にあるの。だから、どんどん新しいことにチャレンジしていったほうがいい……つまりね……」

と、千春がアドバイスをはじめた。

孝之は周囲を見まわす。

白い明かりで照らされたお湯の表面がきらきら波のように輝き、白い湯けむりが立ち昇る向こうに、山の斜面の紅葉が映えている。

幸い、それぞれが自分たちの世界にひたっていて、こちらを気にしている者はいない。

孝之はお湯のなかで、指の抜き差しをはじめる。

湯浴み着のなかで、二本の指がどろどろに蕩けた膣を撹拌《かくはん》し、千春は喋りながら、愛実にはわからないように腰をくねらせる。

（ああ、たまらない。俺も……！）

孝之は右手で千春の膣を掻きまわし、ピストンしながら、左手をトランクス型の湯浴み着に突っ込んで、じかに勃起を握った。

ぐーんと快感が一気にクレッシェンドした。しかし、さすがに温泉のなかで射精することはできない。

必死に射精をこらえて、どろどろの膣を激しく擦りあげたとき、

「んっ……！」

千春はイッたのだろう。小さく呻き、お湯のなかでかくかくと腰を痙攣させた。

2

露天風呂を出て、旅館に帰る途中で、三人はそば屋に寄り、群馬県の名物である大型の舞茸のテンプラの載ったそばを食べ、地酒を呑んだ。

千春は、愛実を酔わせて理性を失くさせたいのだろう、やけに積極的にお酒を勧めた。

「あまり呑めませんから」

と、遠慮する愛実だが、先輩のお酌とあっては断れないのだろう、呑んでいるうちに、顔が赤くなってきて、陽気になってきた。

そば屋を出る頃には、愛実は酔いがまわって、足元が覚束なかった。浴衣に袢纏をはおっているから、すごく色っぽい。

青と紫にライトアップされた湯畑で三人はスマホで写真を撮った。それから、旅館に向かう。

「かなり酔っているから、心配だわ。介抱してあげるから、うちの部屋に来なさいよ」

そう言って、千春は愛実を部屋に誘った。

愛実も酔っていて、ついてきた。それはそうだ。自分の相談に乗ってくれた包容力があって、やさしい先輩美容師がまさか、自分の肉体目当てだとはつゆとも思っていないだろう。

部屋に向かう途中で、愛実がトイレに行ったときに、千春がこう耳打ちしてきた。

「部屋に着いたら、孝之は疲れたからって、眠る振りをしてほしいの。そうしたら、わたしが愛実を落とすから。寝たフリをして、見ていてもかまわないわ。彼女がその気になったら、絶対におチ×チンが欲しくなるから、そのとき孝之が必要になる。それまで我慢して」

「わかった。この前と同じような形だね」

「そうね。ここぞというときにね」

「わかった」

しばらくして、愛実がトイレから出てきて、三人は孝之と千春の部屋へと、愛実を入れていった。

部屋にはすでに布団が二組敷いてあって、すぐに孝之は、

「悪い。酔っ払ったみたいだ。俺はそこで寝るから、二人は話していてもかまわないよ。お休み」

そう言って、廊下側の布団に体を横たえて、すぐに寝息を立てはじめる。もちろん演技である。

「ゴメンなさい。二人でいらしているのに、わたしが割り込んだみたいで」

愛実の謝る声が聞こえる。

「いいのよ。わたしたちはいつでも一緒にいられるから。だけど、愛実ちゃんとは今しか話せないでしょ?」

「すみません。親身になっていただいて……」

「いいのよ。ああ、そうだ。ここのバルコニーから湯畑が見えるのよ。バルコニーに出てみる?」

「ああ、はい……わたしの部屋からでは見えないんですよ」

「だったら、絶対に見ておくべきよ」

二人の会話が聞こえて、二人がバルコニーに出て行く気配がある。

孝之は薄目を開けて、バルコニーの様子を観察した。サッシは閉じているが、カーテンが開いているので、二人の背中が見える。

浴衣に袢纏をはおった二人は仲良く隣に立って、紫色に浮びあがった湯畑を眺めている。

と、千春が愛実を見て、とても真剣な表情で何か言った。

愛実が首を左右に振る。しかし、千春は愛実を正面から抱きしめて、髪を撫でていた。

(どうやったら、こんなことができるんだろう？　何を言ったんだろう？)

孝之が考えている間にも、千春は愛実の顔を両手で挟み込むようにして、唇を寄せていった。

(おおぅ、キスかよ！)

愛実はキスされて、一瞬いやがったが、かまわず千春がキスをつづけていると、抗う身体から力が抜けていった。

とても長いキスだった。

丁寧に情熱的に唇を吸われて、愛実は完全に力が抜けてしまったのか、されるがままになっている。

ついには、愛実の手がおずおずと千春の背中にまわされ、お互いに抱き合う形になった。

(すごい！　どうやって口説いたら、こんなに簡単に落とせるんだ？)

驚愕している間にも、二人が部屋に入ってきた。

孝之は狸寝入りがばれないように、目を閉じる。

すると、一メートルほど離して敷いてある布団に、二人が倒れ込むのが雰囲気でわかった。

孝之はおずおずと目を開ける。

二人はいつの間にか袢纏を脱いで、浴衣姿になっていた。

そして、千春が上になって、仰臥した愛実にキスをはじめた。さっきより情熱的に唇を合わせ、唇を離して上から見る。

そのとき、二人の唇の間に唾の糸が長く引いて、スモールライトのぼんやりした明かりに鈍く光った。

（おおぅ、エロい！）

孝之は股間のものがぐぐっと力を漲らせるのを感じた。しかし、掛け布団をかぶっているから、この隆起はまずわからないはずだ。

物音がしないように二人のほうを向く形で横臥した。これなら、薄目を開けているだけで二人の様子を見ることができる。

千春は上になってキスをしながら、右手で愛実の身体を撫でさすっていた。

脇腹から太腿へとおりていった右手が、しばらく焦らすように太腿をさすりまわした。それから、浴衣の前をひろげて、太腿の奥をじかにとらえる。

「んっ……！」

愛実がくぐもった声をあげて、びくんとした。

だが、千春はいさいかまわず濃厚なキスをつづけ、太腿の奥をまさぐりつづける。

すると、愛実の足が徐々に開いていって、浴衣がはだけ、真っ白な太腿が見え隠れし、ついには片足の膝を立て、もう一方の足をペタンとシーツにつけた。

愛実は白いパンティを穿いているようだったが、こちらに頭を向けているので、下半身がどうなっているのかは、はっきりとわからない。

千春はキスをやめて、愛実のパンティをおろし、足先から抜き取った。

「ぁああ、怖いわ。千春さん、わたし、怖い……」

愛実が小声で言う。

「大丈夫。怖がることなんかひとつもない。愛実はわたしに身を任せればいいの。そうしたら、天国に連れていってあげる。二人で天国に行こうよ」

そう言って、千春は愛実の浴衣を脱がせて、もろ肌脱ぎにする。

すると、上体だけがあらわになって、巨乳がこぼれでてきた。

まさに、大きなグレープフルーツを二つくっつけたような丸々とした乳房で、なおかつ光沢に富んでいる。

「素晴らしい乳房だわ。大きくて、形が良くて、乳首も透き通るようなピンク……愛実は男性経験は？」

「……ひとりだけです。その人にはやさしくしてもらいました。他の男性は怖くて、身をゆだねる気になれないんです」

「そうね。確かに……へんな男に身を任せると、大変なことになるものね。でも、わたしは大丈夫よ。絶対に荒っぽいことはしないから、信用していいのよ」

「……はい」

「いい子ね」

千春が乳房を揉みはじめた。繊細なタッチで触り、静かに揉みあげる。

それから、腋の下から乳房の丘陵にかけて撫でさすっていく。そこが性感帯なのか、

「あっ……あっ……んんんんっ」

愛実は喘ぎ声を洩らしてしまい、孝之を起こしてしまうと思ったのか、手のひらを口に当てて、声を封じた。

必死に声を押し殺すその仕種が愛らしくて、孝之は密かに昂奮する。

千春は乳房を円を描くように撫でていたが、やがて、その円周が狭くなり、ついには、その指がさっと乳首をかすめて、

「んっ……！」

愛実はびくんと顔をのけぞらせる。

「いいのよ、感じて……大丈夫よ。わたしの前では自由になって」

千春が言いながら、顔を寄せた。

乳首をゆっくりと舐めあげる。舐めながら、ちらりと孝之を見て、見ているかどうかを確認しているようだった。

孝之は目をぱっちりと開けて、うなずいた。

すると、千春もうなずいて、いっぱいに出した舌で乳首をなぞりあげる。

何度も舐めあげられて、

「ぁあああうぅぅ……」

愛実は抑えきれない声を洩らして、顔をのけぞらせる。孝之はその変化する艶かしい表情を近くで見ることになって、いっそう昂奮してしまう。

千春が舌を上下左右につかって、乳首を舐め転がし、

「んっ……んっ……ぁあああ、ダメっ……声が出てしまいます」

愛実が低く言う。

「いいのよ、少しくらい出しても。孝之は一度眠ると、朝まで起きないの。眠り

が深いタイプなの。だから、もう完全に夢の中にいるわ。だから、気にしなくて大丈夫だから」

そう言って安心させ、千春はまた乳房にしゃぶりついた。左右の乳首を舐めながら、指で転がす。

丁寧につづけていくうちに、愛実はどうしていいのかわからないといった様子で身悶えをし、下腹部もせりあげた。

「どうしたの？　こんなにあそこを持ちあげて……そんなに触ってほしい？」

千春が囁き、

「はい……触ってください」

愛実が切なげに答える。

「いいわ。かわいがってあげる」

千春は下半身のほうにまわって、枕を腰の下に置き、陰部の位置をあげさせた。

それから、膝をすくいあげて開かせ、左右の太腿の奥に顔を埋める。

「ぁああ、ダメです。シャワーを浴びていないから」

「平気よ。さっき、たっぷりと温泉につかったばかりじゃないの。愛実のここはとてもいい香りよ」

そう言って、千春は恥肉に舌を走らせて、

「ああ、美味しいわよ、愛実のここ。美味しい……ああ、いい香りよ」

千春は狭間を丹念に舐める。

「ぁあうぅぅ……ゴメンなさい。声が出ちゃう」

愛実が謝る。

「いいのよ、もっと出しても大丈夫。孝之は絶対に起きないから……クリを舐めるわね」

そう言って、千春はクリトリスを舌でいじっているのだろう。一気に、愛実の反応が大きくなって、

「ぁあああ……あっ、あっ！」

びくん、びくんと震えはじめた。

「敏感ね。好きよ、敏感な子のほうが。吸うわよ」

千春が陰核を吸引したのだろう、

「ぁあああ……！」

愛実は大きく顎をせりあげ、眉根を寄せた。

苦しいのか感じているのか判じかねる顔をして、ぐぐっ、ぐぐっと顔をせりあ

げる。

やがて、愛実の腰が大きく揺れだした。

見ると、いつの間にか、千春が膣に指を挿入しているのだった。

そして、抜き差ししながら、陰核を舐めている。

もちろん、女性にこんなことをされたのは初めてなのだろう。愛実はひどく感じているようで、両手でシーツをつかみ、大きく腰をせりあげている。

「気持ちいいのね？」

千春に訊かれて、

「はい……すごくいい。こんなの初めてです。わたし、これまで男の人として、イケなかったんです。でも、何か今は違う。もしかして、イクかもしれない。これまでと違う」

「いいのよ、自然にしていれば。無理してイクこともないし、わたしの愛撫に純粋に反応してくれればいいの。その結果がオルガスムスだから。ああ、すごいわ、愛実のオマ×マン。すごく締まりがいいし、なかが波打っている。粘膜もとろとろよ。何かの生き物が吸いついてくるようだわ。いいのよ、自分を解放して……いいのよ、いいのよ……」

「はい……ぁあああ、気持ちいい……イクかもしれない。もっとピストンしてください。ああ、そうです……ぁあああ、ああああああ、へんよ、へんへん。わたし、イクんだわ。初めてイクんだわ……ぁあああ、あああああああ！」

「そうら、イキなさい！」

千春が指を激しく出し入れさせた直後、

「うあっ……！」

愛実は短く喘いで、ぐーんとのけぞった。

それから、操り人形の糸が切れたみたいに、ぐったりと腰を落とした。

3

昇りつめて、気絶したように静かになった愛実。

彼女を見てから千春がこちらの布団にやってきた。

「どうしたの、孝之？　おチ×チンをこんなにさせて……そうか、途中で目が覚めて、悶々としていたのね。可哀相……いいわ。かわいがってあげる」

千春が浴衣を脱いだ。

一糸まとわぬ姿がこぼれでた。

千春は最初からパンティを穿いていなかったので、生まれたままの姿が強烈だった。

全体にふっくらしている愛実とは違って、締まるべきところは締まっているし、出るべきところは出ている。

バランスのいいプロポーションをしているが、二十九歳という年齢がそうさせるのか、適度な脂肪が全身を覆っており、触ってみたくなる身体だった。

千春は孝之をいったん起こし、半幅帯を解いて、浴衣を脱がした。

さらに、穿いていたブリーフもおろして、足先から抜き取る。

言われるままにごろんと仰向けに寝ると、イチモツが臍に向かっていきりたっていた。この状況がそうさせるのか、分身はいつも以上に力を漲らせている。

「こんなにして……ゴメンね。つらい目に合わせて……かわいがってあげる」

千春は分身に話しかけて、それを握った。

孝之の開いた足の間に座って、いきりたちを静かにしごき、顔を寄せてきた。

ちゅっ、ちゅっと亀頭部にキスをして、

「本当は、露天風呂でこうしてほしかったんでしょ？」

訊いてきた。

「ああ、してほしかった」

「……で、今夜はいつから目を覚ましていたの？」

「寝ついてしまうと普通は起きないんだけど、なぜか目が覚めてしまった。きみたちがエッチなことをしていたからだ」

「じゃあ、ほとんど見ていたの？」

「たぶん……」

「いやな子。懲らしめてあげる」

千春は孝之を艶かしくにらんで、上から唾液を落とした。ツーッと垂れてきた唾液が頭部に命中する。

すると、千春はそれを塗り付けるように、舌で伸ばしてくる。

伸ばしながら、亀頭部をきゅっと圧迫したので、尿道口が開いた。できた小さな孔に、千春は先を尖らせた舌を突っ込んできた。

「あ、くっ……！」

そのじかに内臓を舐められるような不思議な感覚に、孝之は呻く。

千春には加虐的なところもあるのか、孝之のその反応を面白がっているように、ますます舌を突っ込んで、舐めてくる。

「ぁああ、ダメだ」

情けなく訴えると、千春は顔をあげて、口角を吊りあげた。

孝之を見あげながら、亀頭部に唇をかぶせてきた。

ずりゅっ、ずりゅっと途中までのストロークを繰り返し、一気に根元まで頬張ってくる。

「おおぅ……！」

分身をすっぽりと覆われる悦びに、孝之は目を瞑って、その感触を味わう。

千春はしばらくの間、奥まで咥えて、なかで舌をからませていた。

それから、ゆっくりと唇を引きあげていき、ちゅぽっと吐き出した。唾液まみれの肉柱を腹に押しつけて、裏のほうを舐めあげてくる。

ツーッ、ツーッとなめらかな舌がなぞりあげてきて、孝之はそのぞわぞわした快感を満喫する。

そのとき、睾丸に濡れたものが押し当てられた。

ハッとして見ると、千春が顔の位置を低くして、睾丸を舐めているのだった。

右手で茎胴を握りながらあげて、その根元の皺袋に丁寧に舌を走らせる。

袋の皺のひとつひとつを伸ばすようにして、丹念に舐めてくる。そうしながら、勃起を握りしごいてくれる。

ここまでされたのは初めてだった。

しかも、女王様気質の千春が、ここまでご奉仕してくれているのだ。これで昂奮しない男はいない。

千春は皺袋がべとべとになるまで、舐めつづけた。

気になって、隣の布団を見ると、愛実は反対側を向いて横臥して、静かに横たわっている。

いくら昇りつめたとはいえ、当然もう平静に戻っているだろう。二人が何をしているかはわかるはずだ。それでも、まるで蛇ににらまれた蛙のように、ぴくりとも動かない。

だが、五感をふさげるわけはないのだから、おそらく全身を耳にして、二人の様子をうかがっていることだろう。

千春は袋を舐め終えると、驚いたことに片方を口におさめた。つまり、片玉にしゃぶりついて、それを頬張ったのだ。

「あ、くっ……千春さん、キンタマはやめてください」

「大丈夫。痛くしないから……片玉を頬張るくらい、誰だってやってるわよ」

まさかのことを言って、千春は睾丸を口におさめ、ねろりねろりと舌をからませてくる。

怖さはある。しかし、初めて体験するせいか、感動してしまう。

あの千春が、自分ごときのキンタマにしゃぶりついてくれているのだ。

しかも、もう片方の睾丸を柔らかくマッサージしてくれているので、快感がうねりあがってきて、ひとつも動けない。

「今度は反対のタマタマをおしゃぶりするわね」

千春はいったん吐き出して言い、言葉どおりにもう片方のキンタマにしゃぶりついてきた。睾丸をもぐもぐしながら、今度はペニス本体を右手で握りしごいてくる。

「ああ、たまらない」

孝之が言うと、千春は袋を吐き出して、そのまま裏筋を舐めあげてくる。

ツーッ、ツーッと舌を走らせ、上から頬張ってきた。

怒張しきったものに唇をかぶせて、

「んっ、んっ、んっ……」

くぐもった声を洩らして、つづけてストロークする。

その間も、根元を握ってしごかれているので、孝之も一気に高まった。

「ああ、ダメだ。出そうだ。入れてください」

思わず訴えると、千春は肉棹を吐き出して、下半身にまたがってきた。いきりたつものに指を添えて、翳りの底に導き、何度かぬかるみを擦りつけてくる。

それから、慎重に沈み込んできた。

亀頭部が温かい粘膜の細道を押し広げていく確かな感触があって、

「ぁあ……いい！」

千春はがくんとのけぞって、もう一刻も待てないとでも言うように腰を振りはじめた。

両膝を立てた蹲踞の姿勢で、まるでスクワットでもするように腰を上下動させて、

「あんっ、あんっ、あんっ……」

喘ぎ声をスタッカートさせる。

「ああ、すごい……揉み込まれてるよ。おおぅ、締めつけてくる」

孝之は思いを伝える。

「孝之のおチ×チン、気持ちいい。長さも形も硬さもちょうどいいの。ぁあああ、いいところに当たってる。すごいよ、奥まで届いてる。ぁあああ、奥をぐりぐりされて気持ちいい……ぁああうぅぅ……あんっ、あんっ、あんっ」

千春は激しく腰を躍らせて、叩きつけてくる。

そのとき、隣の布団から人が動いた音が聞こえ、二人は動きを止めて、音のしたほうを見る。

愛実が反対を向いて横臥しながらも、見えないところで股間をさすり、胸を揉んでいるのだ。

「愛実ちゃん、さっからオナニーしていたよね。ううん、いいのよ。責めてるわけじゃないから。もしよかったら、こっちに来て、参加してもらえないかな？」

千春がやさしい口調で、驚くようなことを言った。

愛実はオナニーがばれて恥ずかしいのだろう、いやいやをするように首を振っている。

「お願いだから、こちらに来て。わたしたちもあなたと愛し合いたいの。そうだよね、孝之？」

「もちろん。大丈夫だよ。このことは絶対に口外しないから。参加してほしい」

孝之が言うと、

「ほらね。孝之もこう言ってるでしょ？　わたし、愛実の悩みを聞いていて、勇気が足りないと思った。言ったでしょ？　何でもチャレンジしなさいって。これもそう。チャンスなのよ。こんなチャンスはそうそうないはず。勇気を振り絞って踏み出してみなさい。そうしたら、道は開けるから」

千春に説教されて、愛実は気持ちが動いたようだった。それでも、迷っているのを見て、千春が言った。

「愛実、今のままで終わるわよ。それでいいの？　踏み出しなさい！」

千春にびしっと言われて、愛実はようやく決心したのか、起きあがって、こちらに向かってきた。

すでに一糸まとわぬ姿で、小柄だが、抜けるように色が白く、圧倒的な巨乳だ。美容師の卵らしく見事にボブヘアに切り揃えられた髪形が、愛実の愛らしい顔を引き立てていた。小柄な肢体にそぐわないたわわな乳房の突き出し方が、たまらなくエロかった。

「来たわね。偉いわ。あなたとキスしたいの。いい？」

「はい……」

「じゃあ、孝之に顔面騎乗して、こちらを向いて。そうすれば、キスできるでしょ？」

「……でも、恥ずかしいです。た、孝之さんに申し訳ないですし」

「いいのよ。孝之はしたいんでしょ？　愛実のあそこを舐めたいよね？」

「もちろん。俺をまたいでください」

「でも……」

「本当に焦れったい子ね。いいから、やりなさい！」

千春に強く言われ、愛実はしゃきっとして、孝之の顔にまたがってきた。

そう謝って、尻を上からおろしてくる。

しかし、羞恥心が先に立つのか、完全に尻をつけようとしない。その状態で、

「ゴメンなさい」

二人はキスをはじめた。

千春は孝之の勃起を体内に受け入れて、こちらを向いている。

愛実は顔面騎乗して、足のほうを向いているから、二人の中間地点でちょうど
唇が重なりあう。

千春は積極的に愛実の顔を両手で挟みつけるようにして、唇を合わせ、そのま

まディープキスに移る。

舌を差し込まれて、口腔をまさぐられているのだろう。

「んんっ、んんんっ……」

くぐもった声を洩らして身を任せている愛実のお尻がさがってきて、孝之は今だとばかりに顔を近づけて、恥肉に貪りついた。

自分でいじっていたせいだろう、愛実のそこは充分に潤っていて、舌がぬるっ、ぬるっとすべる。

そして、愛実は狭間を舐められて、感じるのだろう。

「んんっ、んんんんっ……」

キスしたまま、ますます切羽詰まった声を洩らして、尻をもどかしそうに揺する。

孝之は尻をつかみ、位置を調節しながら、媚肉にしゃぶりつく。

全体を舐め、少し尻をあげさせて、粘膜やクリトリスを舌で愛撫する。それをつづけていくと、愛実はますます腰をくねらせていたが、ついにはキスできなくなったのか、

「ぁああ、あああああ……もうダメっ……ぁああ、おかしくなる」

そう言いながら、強く恥肉を擦りつけてきた。

「おチ×チンが欲しいのね？　そうでしょ？」

「……いえ……それに、千春さんの彼氏ですし……」

「それは気にしなくていいのよ。わたしは全然かまわない。むしろ、してほしいのよ。孝之と愛実がするところを見たい」

「……ウソです」

「ウソじゃないわ。わたしの代わりに、またがれるでしょ？」

千春は自ら腰を浮かして、結合を外した。

そして、愛実に上になるようにせかす。愛実はためらっていたが、執拗に誘われて、孝之の下半身をまたいだ。

「わたし、あまり上になった経験がないから、上手くできないと思います」

「大丈夫よ。わたしがどうしたらいいのか、指導してあげるから。まずは、入れてみて。そのくらいはできるでしょ？」

「たぶん……」

「入れなさい」

「はい……孝之さん、ゴメンなさい」

愛実はそう謝って、孝之の勃起をつかんで導き、亀頭部に濡れ溝をおそるおそる擦りつけた。ぬるっ、ぬるっとすべらせてから、慎重に腰を落とす。

切っ先がとても窮屈な入口をこじ開けていって、

「ぁあああ……！」

愛実は嬌声をあげて、いけないとばかりに口をてのひらで押さえた。

それから、がくん、がくんと震えるだけで、どうやって腰を振ったらいいのか、わからないようだった。

見るに見かねたのか、千春がやり方を教えた。

「そのまま、両手を後ろに突いて。そうね、孝之の太腿をつかむ形で。そう、それでいい……ほら、少しのけぞって、動きやすくなるでしょ？　もっと足を開いて。そう……そのまま、腰を前後に揺すって……そうよ、上手。時々は、上下に振ったり、グラインドしてもいいのよ。そう、その調子……」

千春にコーチされたように愛実は動いた。

ぎこちないが、その一生懸命さが孝之の男心をくすぐる。

エロすぎる光景だった。

愛実は言われたように足を大きく開いて、M字開脚しているので、比較的薄い繊毛の下に、自分の男根が嵌まり込んでいるのが、まともに見える。

孝之の立てた膝の上をつかんで、情熱的に腰をつかっている。前後に揺すっているのだろうが、イチモツが膣のなかに出入りする様子がよく見える。

ぐちゅぐちゅと淫靡な音がして、大量の蜜があふれ、孝之の下腹部を濡らしている。巨乳だから、下から見ても、迫力がある。

「そう、上手よ、愛実。今度はそのまま上体を立ててみようか。足は開いて立てていいのよ。そう……前傾して、両手を孝之の胸板に突いて、バランスを取って。そう、上手だわ。愛実はセックスの才能があるかもよ……じゃあ、そこで腰を上げ下げして。スクワットするみたいに……そう、そのまま」

千春の指示どおりに愛実は、腰を振りあげ、振りおろす。

まるで勃起を杭打ちするみたいに、尻を打ち据えて、

「あんっ……あんっ……あんっ……」

甲高く喘ぐ。

「どう、ちゃんと感じてる?」

千春に訊かれて、

「はい……すごく。すごい奥に入ってくる。ぁああん、キツい。キツいです」

「そんなことはないと思うわよ。強く当てるんじゃなくて、ソフトに当ててみて……そう。当たったら、静かにぐりぐりと捏ねてみなさい」

千春に言われて、愛実はおずおずと腰をおろして、ゆっくりと回転させる。

「ぁああ、気持ちいい……すごく良くなりました」

「上手よ。愛実、本当に呑み込みも早いわ」

「ぁああ、ああうぅぅ……ぐりぐりすると、気が遠くなる。どこかへ行ってしまいそうになる」

「いいのよ、それで……好きなようにしてみなさい」

「はい……」

愛実は腰を落として、そこで尻をまわした。ぐりぐりと捏ねると、次は引きあげる。切っ先まで締めつけてから、また落とし込んでくる。

「ぁああ、あああああ、いいんです……へんになる。あああ、ぁうぅぅ……」

愛実はゆっくりと前傾して、身体を重ねてきた。

そのままキスをしてくるので、孝之も応じて、舌をつかう。自分がまだまだキスや愛撫が下手くそであることはわかっている。

下手なりに一生懸命に舌をからめる。

すると、愛実は唇を合わせながら、もどかしそうに腰を揺すった。濃厚なディープキスをしながら、腰を縦に振って、打ち据えてくる。

「んっ、んっ、んっ……」

くぐもった声を洩らしながら、腰をつかう。

こうなると、孝之も我慢できなくなった。

愛実の背中と腰を抱き寄せておいて、下から屹立を突きあげてみる。ぐい、ぐい、ぐいっとせりあげると、勃起が深いところに埋まっていき、

「んっ、んっ、んっ……ぁあああ、気持ちいい！」

愛実が顔を撥ねあげる。

孝之は自ら胸のなかへと顔を埋め込んでいく。ゴム毬みたいなたわわなふくらみが顔面に触れて、その異常な柔らかさがたまらなかった。

一カ所だけ硬い突起があって、そこに吸いついた。かるく吸っただけで、

「ぁあああ……すごい、すごい……あんっ、あんっ、あんっ……」

湧きあがった快感をさらに育てようとしたのだろう、愛実は自ら尻を上げ下げして、膣で勃起を擦りつけてくる。

（本当にデカい……Fカップはあるんじゃないか！）

孝之は片方の乳首に吸いつき、しゃぶりながら、もう一方の巨乳も手で揉みしだく。

「ぁあああ、いいのよ……ぁああ、突いて。突きあげてください。愛実をメチャクチャにしてください！」

愛実が訴えてきた。

孝之は打ち込みやすいように乳房を離して、下から思い切り突きあげてやる。すると、ギンギンになったものが斜め上方に向かって、膣を擦りあげていき、

「ああ、すごい……あんっ、あんっ、あんっ、あんっ……」

愛実はもうここが旅館の一室であることも忘れたかのように、激しく喘ぎ、孝之にしがみついてくる。

「いいんだね？」

耳元で訊くと、

「はい……すごいの。こんなの初めてです。ぁああ、気持ちいい。もう、奥を突かれても平気なの。すごい、すごい……おチ×チンがお臍まで届いてる。あんっ、あんっ、あんっ……ぁあああ、イクかもしれない。わたし、またイクかもしれない……」

「いいよ。イッても」

孝之はつづけざまに腰をせりあげた。

勃起しきったものが熱い粘膜の壺を擦りあげていき、愛実は泣いているのか、喘いでいるのか判然としない声をあげて、ぎゅっと抱きついてくる。

今だとばかりに連続して、強く叩き込んだとき、

「あん、あん、あん……ぁあああ、来るぅ……はうッ！」

愛実は大きく顔をのけぞらせて、がくん、がくんと躍りあがった。

本当にイッているようだった。

だが、孝之はぎりぎりで射精を我慢する。千春がいるから、ここで射精するわけにはいかなかった。

4

千春は愛実の足の間にしゃがんで、クンニをしている。

オルガスムスから回復した愛実は執拗なクンニを受けて、

「ぁああ、千春さん、もうダメっ……へんになる。おかしくなっちゃう……も

う、もう許して」

青息吐息で言う。

「ダメよ。まだ、これからじゃないの……それに、愛実のここったら、とろとろに蕩けて、欲しそうにお口を開いているわよ」

千春が言い、後ろを向いて、孝之に言った。

「わたしを後ろから犯してちょうだい。かわいい愛実のオマ×マンを舐めているわたしを、後ろから犯してちょうだい」

それは孝之も望むところだった。

後ろについて、両膝を突いた。千春の官能美にてかるヒップをつかみ寄せて、雄々しくいきりたつ分身を、尻たぶの底になすりつける。

深く切れ込んでいく谷間の一部に、ぬるっとした割れ目があって、そこに亀頭部を押しつける。すべらないようにして、慎重に腰を入れると、ぬるぬるっと嵌まり込んでいって、

「ぁあああ……！」

千春が顔を撥ねあげた。

（ああ、熱い……！）

千春の膣は火照っていて、明らかに体温より高い温度がすごく気持ち良かった。くびれたウエストを両手でつかんで、後ろから打ち込んでいく。

千春はバックから挿入されながらも、愛実の雌芯をしゃぶりつづけていた。それでも、孝之が徐々にストロークのピッチをあげていくと、

「ぁあああ、気持ちいい……ぁああ、もっと、もっと犯して。千春を犯し尽くしてよぉ……ぁああ、そうよ、そう……あん、あんっ、あんっ」

千春は背中を弓なりに反らせて、甲高く喘ぐ。

そのとき、愛実が身体を起こして、千春のすぐ横に這った。四つん這いになって、

「ぁああ、愛実にもください。我慢できません」

誘うように尻をくねらせた。

「もう……愛実はかわいい顔をしているのに、エッチなんだから……いいわよ。孝之、この子も嵌《は》めてあげて。ただし、二人ともきっちりイカせるのよ。わかった？」

孝之はうなずいて、千春の膣から勃起を抜いて、それをすぐ隣の愛実のオマ×コに挿入する。

千春より窮屈だが、硬い感じの肉道をこじ開けていくと、

「ぁああ、すごい……気持ちいいの。入れられただけで、気持ちいいの……わたし、へんなんだわ。おかしくなっちゃったんだわ」

愛実が嘆く。

「バカね。それが女になった証じゃないの。孝之、いいわよ、ガンガン突いてあげて」

千春にけしかけられて、孝之は愛実の右手を後ろに伸ばさせ、その前腕をつかんで引き寄せながら、腰を叩きつける。

すると、愛実は半身になって、その巨乳がいっそう強調される。つづけざまに打ち込むと、

「あんッ、あんッ、あんッ……！」

愛実は喘ぎをスタッカートさせて、シーツを鷲づかみにした。

「孝之、替わって」

千春が言うので、孝之は結合を外し、蜜まみれの分身を千春に打ち込んでいく。

「ぁああ、あああうぅぅ……いいの。響いてくる。頭にまで響いてくるのよ……ぁああ、ちょうだい。イかせて」

孝之が猛烈に打ち据えたとき、

「ぁあああん、孝之さん、わたしにもください……おかしくなる。わたし、自分でしているのよ」

愛実が腹のほうから手を差し込んで、膣を指でピストンしていた。ぐちゅ、ぐちゅと卑猥な音とともに、がくんがくんして、愛実がイキかけているのがわかる。

孝之はとっさに結合を外して、いきりたちを愛実の膣に打ち込んだ。

「ぁあああ、すごい……イクわ。恥ずかしい……愛実、またイッちゃう……」

「いいんですよ。何度でもイッてください」

孝之がぐいぐいと打ち据えたとき、

「イク、イキます……いやぁあああああ！」

愛実は絶頂の声をあげると、前に突っ伏していった。腹這いになって、ぴくりとも動かない。

それを見て、孝之は三度、千春の体内に突き入れる。

もう、孝之も限界を迎えつつあった。それは千春も同じようで、

「あんっ、あんっ、あん……ぁああ、イク、イクよ」

嬌声を張りあげた。

「俺も、出します！」

孝之とはスパートした。最後の力を振り絞って叩き込んだとき、

「イク、イク、イッちゃう……いやぁあああああぁぁぁぁ、はうっ！」

千春は達したのか、背中をこれ以上は無理というところまでのけぞらせて、がくん、がくんと躍りあがった。

孝之が駄目押しの一撃を突いたとき、熱いものが尿道口を突破していく圧倒的な快感があって、孝之はそれに身を任せた。

第三章　美人女将はM

1

二人は午前中に草津を発ち、JRとバスを利用して、四万温泉に向かった。

コバルトブルーの色が鮮やかな四万湖を見物し、その後、四万川のほとりに建つT旅館に到着した。

歴史を感じさせる落ち着いた木造の三階建てで、千春はじつは昨年もこの旅館に来ていて、訪れるのは二回目だと言う。

ここの女将は清水葉子《しみずようこ》といって、三十八歳の優雅な美人女将だ。

例の美人女将シリーズにも出演していて、また、旅雑誌で行われた女将の人気投票で、関東地区で二位に入ったことがある。

孝之もそれは知っていたし、テレビでは見たことがあった。

宿泊料は高いが、半分は千春に出してもらっている。

「びっくりするほどの美貌の持主なんだけど、これが経営面ではものすごいしっかり者なの。表面的には柔和な笑みをいつもたたえているわ。でも、本当はキツいのよ。わたしも昨年迫ったんだけど、こんこんと諭されただけで終わった。でも、成果もあったわ。彼女が酔っているときに、打ち明けてくれたのよ。じつは、彼女は離婚しているんだけど、その元夫がかなりのSで、そのときは随分と調教されたらしいわ。調教されたせいか、元々そうだったのかわからないけど、葉子さんはMだと思う。一線を超えたら、絶対にめろめろになる。わたしはそれを狙っているの。もしわたしがダメなときは、孝之に頼むわね。わかった？」

千春に言われて、孝之はうなずいた。

チェックインしたとき、案内された部屋に女将自ら来てくれた。

藤紫色で裾模様の入った着物に身を包んだ葉子は、仕種も淑やかで、表情も柔和で、さすがに関東ナンバー二の人気を誇るだけのことはあると感心した。

着付けが決まっていて、言葉づかいも非の打ち所がなかった。

結われた黒髪は艶やかで、うなじがとても官能的だった。

「昨年につづいてお越しいただいて、心からお礼を申し上げます。ありがとうございます……」

葉子は頭をさげて、

「今年はお連れ様もいらして……」

葉子が孝之を見て微笑んだので、

「野口孝之と言います。よろしくお願いします」

孝之は緊張して頭をさげる。

「お若いですね」

「はい……大学生です」

「あらっ……」

葉子がびっくりしたような顔をして、千春が言った。

「旅で知り合ったんですよ。わたしにもようやく彼氏ができました」

「よかったですね。それは……自分のことのようにうれしいです」

葉子がにこにこして、二人を見た。

「そのへんの自慢話もしたいので、女将さん、今夜、お仕事が終わったら、部屋に来ていただけませんか？」

千春がここぞとばかりに畳み込んだ。

「……遅くなりますよ。それでも、よろしければ……」

「もちろん。では、お待ちしています」

「わかりました。では、ごゆっくりどうぞ」

葉子が襖を閉じて、部屋を出て行く。

おそらく、葉子は千春と孝之がカップルで来ているので、安心して了承したのだろう。このへんがカップルで〝女将狩り〟をする利点だ。

夕食まではまだ時間がある。

二人は部屋付きの露天風呂に入る支度をする。

旅館は四万川のほとりに建っていて、バルコニーから四万川が見える。それがここの売りのひとつでもあった。

そして、バルコニーには檜の湯船がついていた。

千春が奮発して、露天風呂付きの部屋を取ってくれたのだ。自分は、孝之と入りたいからと言っていたが、本心はここの美人女将とつかりたいのかもしれない。

そう思わせるほどに、葉子は淑やかで、艶かしかった。

孝之は先に檜の湯船につかって、目の前にひろがる紅葉する木々を眺めている。

速い流れの谷川があって、その渓流の向こうに色づいた林があった。

向こう側には人家も道路もないから、人に見られることはない。

（やはり、紅葉はすごいな。橙色が変化をつけているし、モミジの赤がとくに鮮烈だ）

紅葉を愉しんでいると、千春が洗い場に出てきて、桶にお湯を汲み、かけ湯をする。

午後の陽光に照らされた裸身は衝撃的に生々しく、ツンとせりだした乳首のピンクと下腹部の密生した翳りの黒が、アクセントになっている。

千春は肩からお湯をかけ、片膝を立ててお湯で翳りを流して、そこを手早く洗った。

それから、湯船に入ってくる。

孝之と同じように、紅葉のほうを見る形で身体を沈め、孝之の開いた足の間に尻を割り込ませてきた。

お湯がザザーッとあふれて、孝之の目の前に千春のショートヘアの襟足がせまっている。

「これなら、わたしも紅葉が見えるわ」

そう言って、千春は前を見る。しばらく、じっとしていると千春が言った。

「こういうときは、要求される前におチチを揉むのよ。きみも、こうしなさい、ああしなさいと言われる前に、自発的にしなさいよ。ただ言われることをするのなら、小学生だってできるでしょ。孝之はもう二十歳なんだから、いつまでも指示待ち児童じゃ困るの。いいのよ、もっと、オスの部分を出して。そうしないと、今回の女将は絶対に落ちないからね。難攻不落の砦を落とすんだから、孝之も自分で考えてほしい。わかった？」

「わかりました」

「ほら、そのへりくだった丁寧語がダメなのよ。もう、タメ語でいいのよ」

「……わかったよ」

「そう。それでいいの」

孝之はこうなったら、自分のしたいことをしようと、気持ちを決めた。

両脇からまわし込んだ左右の手で、濡れたふくらみを二つ揉みしめる。柔らかなふくらみが指の形に形を変え、中心の突起に指が触れると、

「あんっ……」

愛らしい声をあげて、千春が肩を震わせる。

うなじにチュッとキスをすると、千春が首をすくめた。

襟足を舐めながら、ふくらみを揉みしだき、頂上をつまんで転がす。くりっ、くりっとねじっていると、あっと言う間に乳首が硬くしこってきた。

せりだしてきた突起を揉んだり、叩いたりしながら、襟足を舐める。

「ぁああ、あああ、気持ちいい……孝之、気持ちいいよ。ぁああん、ぞくぞくする」

そう言って、千春が右手を後ろにまわしてきた。

勃起しているものをつかんで、それが硬くなっていることを確認すると、五本の指で握って、しごく。

「カチンカチンじゃないの。ほんと、孝之の取り柄はすぐに硬くなることね。ああん、もう我慢できない」

千春はこちらを向くと、孝之を湯船のコーナーに座らせた。

孝之は紅葉のほうを向いて、縁に腰をおろす。

千春が前にしゃがみ、いきりたつ肉柱を見て、

「本当に、疲れ知らずの元気マラね。昨夜、あんなにしたのに、すぐにこんなに

させて……やっぱり、男は年下がいい。元気さが違うもの」

孝之を見あげて言い、マラを腹部に押しつけるようにして、その裏側の筋をツーッ、ツーッと舐めあげる。

それから、亀頭冠の真裏にある裏筋の発着点にちろちろと舌を走らせる。

強く押しつけたり、撥ねたりして、刺激を繰り返しながら、根元を強弱つけて握ってくる。

いっぱいに出した赤い舌の先で包皮小帯を刺激しながら、仇っぽい目で孝之を見る。

それから、頬張ってきた。

途中まで唇を往復させて、それと同じリズムで根元を握りしごく。

ジュルル、ジュルルとわざと唾音を立てて、亀頭部を吸い込んだ。

「んっ、んっ、んっ……」

くぐもった声をあげながらリズミカルに首を打ち振って、からみつく唇で敏感なところをしごいてくる。お湯の表面が波打って、いかに千春が激しく身体を使っているかがわかる。

「ぁああ、気持ちいい！」

思わず訴えると、千春はちゅるっと怒張を吐き出して、立ちあがった。

湯船の縁につかまり、こちらに向かって尻を突き出してくる。

孝之は挿入すべきか、クンニすべきか迷ったが、赤く腫れたような媚肉の割れ目をまず舐めるべきだと感じた。

孝之は真後ろにしゃがみ、狭間に舌を走らせる。

赤く濡れた狭間の粘膜に何度も舌を往復させると、

「ぁああ、気持ちいい……気持ちいいのよぉ」

千春は心から感じている声をあげて、もっとしてとばかりに尻を突き出してくる。

孝之は下のほうにあるクリトリスに吸いつき、しゃぶった。

肉芽を執拗に舐めしゃぶっていると、

「ぁああ、欲しくなった。孝之、ちょうだい」

千春がくいっと腰をよじって、誘ってくる。

孝之は立ちあがって、ギンギンになっている肉柱を花芯に押し当てた。

じっくりと腰を入れると、亀頭部が入口を押し広げていく、確かな感触があった。

途中で止めると、千春は焦れたように自分から腰を振って、屹立を自ら体内に迎え入れた。分身が奥まで嵌まり込むと、

「はうぅぅ……！」

千春は顔をのけぞらせて、背中を弓なりに反らせる。

両手で湯船の縁につかまり、自分から腰を振って、ストロークをせがんでくる。

「くうぅぅ……！」

と、孝之は奥歯を食いしばって、ゆったりと打ち据える。

「あんっ、あんっ、あんっ……気持ちいい。奥まで突いてくる。きみのが子宮まで届いてる……ぁあああ、すごい……」

千春が腰を後ろに突き出した状態で、内股になった。

孝之は清流の音を聞きながら、向こう岸の色とりどりの紅葉を眺める。

最高だった。これ以上の至福があるとは思えない。

そのとき、千春が言った。

「ねえ、ぶって……お尻を平手で叩いてみて」

「えっ……ぶつんですか？」

「そうよ。葉子さんはきっとお尻を叩かれるが好きだと思うの。いけない女だと

罵倒されながら、お尻をペンペンされると感じると思う。だから、やってみて。わたしで試して」

「……でも、初めてですし」

「簡単なことよ。そんなに強く叩く必要はないのよ。いけない女だと責めながら、かるく尻ビンタすればいいの。痛み自体に感じるんじゃないのよ。その状態に感じるんだから」

「……やってみます。……この淫乱が！　お前は相手が男でも女でも、誰だっていいんだよな。そういうのを淫乱って言うんだよ」

思い切って罵倒し、右手を振りかぶった。振りおろすと、ピチャッと調子外れの音がして、

「ぁあああ……ゴメンなさい。淫乱なわたしを許してください」

おそらく演技だろうが、千春が哀願してくる。

それが演技だとわかっていても、孝之は気持ちが昂るのを感じた。

気づいたときは、つづけざまにお尻を叩いていた。段々調子が出てきて、ピシャッ、ピシャッといい音が響くようになった。そして、千春は、

「あっ、あっ……ぁあああ、痛い……痛い……ぁあうぅぅ」

びくん、びくんと震えて、訴えてくる。

さすがにこれ以上はダメだろうと、孝之は尻ビンタをやめた。

すると、千春は真っ赤に染まった尻をぷりぷり振りながら、

「もっと、もっとちょうだい」

さらなる責めを求めてくる。

孝之は細腰をつかみ寄せて、思い切り怒張を叩き込んだ。

「あんっ、あんっ、あんっ……」

千春は隣のバルコニーに聞こえてはいけないと考えたのだろう、声を潜めながらも喘ぐ。

次の瞬間、千春が右手を後ろに突き出してきて言った。

「つかんで。引っ張って」

孝之はうなずいて、その前腕をつかんで、自分のほうに引き寄せた。ぐっと体重を後ろにかけながら、のけぞるようにして屹立を叩き込む。

後ろに引っ張られているぶん、力が逃げなくなって、ストロークが深いところに届くのがわかる。

「あんっ……あんっ……」

千春は太腿をぶるぶる痙攣させて、さしせまった声を洩らす。

そろそろイクのではないかと思った。孝之ももう放ちそうだ。

「もう片方の腕を引っ張って」

千春が求めてくる。

それをすれば、千春がつかまるところはなくなって、すべてを孝之が支えることになる。放してしまったら、大変だ。

しかし、千春が求めているのだから期待に応えたい。そのくらいできないと、清水葉子を落とすことはできないだろう。

孝之はすべらないように気をつけながら、左手で左腕を握って、後ろに引っ張った。

「ぁああ、すごい！」

千春は両腕を後ろに引かれて、上体を斜めにした状態で後ろから貫かれている。

このアクロバティックな体位に、孝之はひどく昂奮した。

腕を放さないように、また檜風呂の底ですべらないように気をつかいながら、孝之は打ち据えた。

パチン、パチンと乾いた音が清流の音と低い喘ぎ声に混ざり、自分がしていることに孝之はひどく昂った。

「ぁあああ、千春さん、出そうだ」

「いいのよ。ちょうだい。このまま、なかにちょうだい……ぁあああ、イクわ。わたしもイク……イク、イク、イッちゃう……はううっ！」

千春がのけぞってから、躍りあがった。

次の瞬間、孝之も熱い男液を千春の体内めがけて、しぶかせていた。

2

山の幸、川の幸をたっぷりと使った懐石料理を食べ、休んでいると、女将の葉子から連絡が入った。

今夜は、ある大切なお客さんを接待しなくてはいけなくなったから、申し訳ないが、二人の部屋には行けないと。

がっかりしたが、それはしょうがないことだ。だいたい、二人のような者が旅館の女将を部屋に呼ぶなんてこと自体が傲慢なことなのだ。

（こういうこともあるさ。今までが上手く行きすぎたんだ）

二人は大浴場に向かった。孝之が男湯に、千春が女湯に入る。

ここの温泉は『草津の仕上げ湯』と呼ばれるくらいの柔らかな湯で、強酸性で硫黄臭の強い草津温泉で湯治をした者が、保湿、美容効果のある四万温泉で仕上げをするために使われていたらしい。

確かに、お湯につかっていても、さらさらしていて、硫黄臭はほとんどない。何時間でもつかっていられる感じだ。

この旅館自体が八部屋しかないせいか、ひろい湯船には孝之ともうひとりの渋いロマンスグレーの初老の男性しかいない。

その男性が声をかけてきた。

「きみは、りんどうの間に泊まっている人だね？」

「えっ……ああ、はい」

「夕方にね、聞こえてきたんだよ。隣のバルコニーから、女をスパンキングする音と悲鳴が」

「では、隣の部屋にお泊まりの方ですか？」

「そうだ」

「すみません。ご迷惑をかけました。申し訳ないです」

「いや、謝ってほしくて言ったわけじゃない。その逆だよ。ちょっと興味を引かれてね。失礼だけど、きみの名前は？」

「……野口です。野口孝之と言います」

「そうか……野口くんか。私はね、伊吹達治《いぶきたつじ》と言って、ある会社の社長をやらせてもらっている。今年で六十八歳になった。野口くんは？」

「俺は大学生です」

「そうか……一緒の女の人は？」

「彼女は、千春は美容師です」

「そうか……彼女はマゾらしいね」

「えっ？　いや、ああ、まあ、はい……」

孝之は曖昧に答える。じつは、レズで、バイセクシャルで、SでもMでもあるなんて、初対面の人に言うことではない。

「どうだ？　スワッピングをしないか？」

伊吹がまさかのことを唐突に提案してきた。

「……スワッピングって、確か、夫婦交換……？」

「ああ、そうだ。夫婦とは決まっていない。パートナー交換だな」

まさかの提案にびっくり仰天した。孝之は曖昧に答える。

「……それは、千春がダメだと言うと思うんですが……」

「きみはどうなんだ？　まず、きみの意志を聞きたいな。ちなみに、私のパートナーはここの女将だ」

「えっ？　清水葉子さんですか？」

「そうだ」

伊吹が口許に笑みを浮かべる。

孝之は愕然とした。だが、すぐに事情が呑み込めた。

（ああ、そういうことか……！）

葉子は今夜、この社長に呼ばれて、接待をするのだ。そして、その接待とはおそらく身体の接待だ。

だから、葉子は二人の誘いを断ってきたのだろう。

（そうか、葉子さんは旅館を切り盛りするために、こういうことを裏でしていたんだな）

孝之は現実の厳しさを思い知る。

「ここの女将はテレビに出て、大人気の女将だからな。きみも見ただろう？」

「はい、見ました。じつは、俺も美人女将シリーズの大ファンですから」

「ああ、やっぱりな。そんな気がした。それなら、なおさらじゃないか。あの女将を抱けるんだぞ」

「もちろん、それはうれしいです。でも、女将さんは俺なんかとしてくれるんでしょうか？」

「それは大丈夫だ。葉子は私の言うことを聞かざるを得ない」

「……それは？」

「私がいろいろとこの旅館に援助をしているからだ。旅館経営は大変なんだよ。とくに、この四万温泉はいい旅館がたくさんあって、競争が激しい。生き残っていくには、まず資金がないとダメなんだ。そのくらいはわかるだろう？」

「ああ、わかります、それは……」

葉子はしっかり者の女将だからこそ、パトロン的な存在の伊吹の重要さがわかっているのだろう。

これ以上のチャンスはまたとない。気持ちはだいたい決まっていた。その前に訊いておきたいことがある。

「……あの、どうして俺なんですか？」

「きみが、夕方から、露天風呂で女をスパンキングしていたからだよ。私と同じ趣味があるなと……私はSなんだよ。きみもそうだろ?」

「ああ、はい……まあ」

実際は違うと思うが、ここはそういうことにした。

「じつは、女将はMなんだ。前のダンナに仕込まれたらしい。そのダンナが離婚して、いないんだ。そりゃあ、持て余すわな」

伊吹が言う。

(やはり、千春さんの考えていることは間違っていなかった。さすがだ……千春さんなら、スワッピングを喜んで受けそうだけど。でも、一応ここは保留して、千春さんの意見を訊いてからにしておこう)

その旨を伝えると、伊吹が言った。

「わかった。期待しているぞ。決まったら、部屋まで連絡してくれ」

「わかりました」

孝之は早々に大浴場を出て、部屋に向かった。

今か今かと待ちわびていると、千春が帰ってきた。

孝之は早速、伊吹に提案された話をした。すると、千春は嬉々として、言った。

「やったじゃない！　何がどうつながるかわからないものね。まさか、あのスパンキングがこんなラッキーを呼ぶとはね。いいわ、受けましょう」

「だけど、千春さんは伊吹さんとしなくちゃ、いけないんですよ。それに、あいつはSですよ」

「受けて立とうじゃないの。わたし、オジサマ族を手玉に取るのが得意なのよ。それに……葉子さんとレズッたら、絶対にその伊吹さんは悦ぶと思う。やったじゃないの。ツイてるわ、わたしたち」

千春が大喜びしたので、孝之もこれでよかったのだと思えた。

3

二人が決められた時間に、牡丹の間に行くと、すでに葉子は来ていて、裾模様の斜めに入った着物を着て、畳に敷かれた布団に横座りしていた。

両手を腰紐で背中でひとつにくくられていて、いつも結われている髪が解かれて、顔を半ば隠していた。

「おう、来たか、お二人さん……。まずはそこに座って、女将が乱れる様子を見物してもらおうか」

浴衣に袢纏をはおった伊吹が言って、二人はもう一組敷かれた布団に座る。ちょうど正面に、葉子を見る形である。

伊吹は後ろにまわって、着物の衿元から手を突っ込んだ。おそらく乳房をじかに揉まれたのだろう、

「あうぅぅ……!」

葉子がくぐもった声を洩らして、いやいやをするように首を左右に振った。

「ほら、顔をあげて。女将の顔をよくお見せするんだ」

伊吹に後ろから顎をぐいとあげられて、葉子はちらりと二人を見て、ハッとしたように目を伏せる。

「そのままだぞ。顔を伏せるなよ。いいな？　関東ナンバー二の女将が感じるさまを見てもらうんだ。いいな？」

「……………」

「返事は！」

「はい……」

「それだけか？」

「……し、清水葉子が……感じる様子を……ご覧になってください」

葉子が言って、目を泳がせる。

「いいぞ、よく言った。それでこそ、私の愛奴だ……ふふっ、身体は正直だな。乳首がビンビンだぞ。これで、どうだ？」

おそらく乳首を捏ねられたのだろう、

「はうぅぅ……！」

葉子が呻いて、顔を撥ねあげる。

「すごい女だな。お客二人に自分が乱れる様子を見てもらって、乳首をこんなにカチンカチンにさせている。こうしてほしいだろ」

伊吹が帯を解き、着物と長襦袢の衿元をつかんで、ぐいと押し広げた。広げながら、おろし、肩を抜かせる。

着物と長襦袢がもろ肌脱ぎにされて、きめ細かい肌があらわになった。抜けるように白い肌をしているが、おそらくDカップくらいだろう、充実した乳房が転げ出てきた。

「ぁああ、いやっ……見ないで！」

葉子がとっさに上体を屈めて、乳房を隠した。

「何をしているんだ！」

伊吹が怒って、髪をつかんで、ぐいと顔をあげさせる。

「謝れよ！」

「す、すみませんでした」

「逃げるなよ。これから、隠そうとしたら、尻ビンタを百発食らわせるぞ」

「ぁああ、許してください。もう、しません」

「それでいい」

伊吹が言って、背後から両手で乳房を揉みはじめた。

美しい形をした双乳を鷲づかみにして、形が変わるほどぐいぐいと揉みしだき、せりだしている乳首を指に挟んで転がす。

「ぁああ、あうぅぅ……」

そう喘ぐ葉子の腰がくねりはじめた。

「どうした、この腰は？　くねくねしてるじゃないか。どうして、こんなになるんだ？　こうしてほしいか？」

伊吹は着物の前身頃を割って、足を開かせる。

白い長襦袢がちらちらと見え、真っ白な内腿がのぞいた。

そして、伊吹は左右の太腿を押し割るようにして右手を突っ込み、その奥をまさぐる。

「お前はお客に接するときもいつもノーパンだからな。どうしてこんなに濡らしているんだ？　女将は恥ずかしいところを見られて昂奮する露出マゾだからな。おお、恥ずかしい。ぬるぬるだぞ。みなさんに見てもらうか？」

伊吹は奥に突っ込んでいた右手をあげて、二人に見せる。

確かに、人差し指と中指はそれとわかるほどにぬめ光っていて、チョキの形にすると、粘液が伸びた。

「そうら、こんな糸を引いて……恥ずかしい女だな。有名な女将のくせして、お客の前でオマ×コとろとろにして。そうら、自分で舐めてみろ」

伊吹がその指を葉子の口腔に突っ込み、なかをかき混ぜる。

「ううんっ、ううんっ……」

葉子は二本の指で口のなかを攪拌されて、苦しそうな顔をしていたが、やがて、ぐふっ、ぐふっと噎せた。

「わかっただろう、いかに自分がオマ×コをぬるぬるにしていたか？　わかったかと聞いているんだ」

「はい……わかりました」

「そうやって素直になればいいんだよ。そのまま、足を開いて、オマ×コを二人にお見せしなさい。早く！」

ビシッと言われて、葉子はおずおずと足をひろげていく。

白足袋に包まれた足が徐々に開いていき、直角ほどになると、まくりあげられた着物と長襦袢の裾から、漆黒の翳りとともに赤い媚肉がのぞいた。

「ぁあああ、許してください……いや、いや……」

葉子が内股になって、恥肉を隠そうとする。

「隠すなと言っただろう！　まだ、わからないのか！」

ぐいと髪を引っ張られて、葉子は顔をあげられながら、

「ゴメンなさい。もうしません」

と、謝る。

「そのままだぞ。足を閉じるなよ」

そう言って、伊吹は左手で乳房を揉みしだき、右手で開いた太腿の奥をまさぐる。

正面にいる孝之には、そのすべてを見ることができる。

あらわになった乳房の赤い頂上をくりくりと捏ねられ、翳りの底を指先でいじられて、

「ぁああ、あうぅぅぅ……」

葉子は悦びの声を洩らす。

左右の太腿が引きつっている。開いた足の白足袋の爪先がぎゅうと反って、反対に折れ曲がる。

孝之の股間はいきりたち、隣の千春の息づかいも荒くなってきている。そのとき、伊吹が言った。

「野口さん、女将のあそこをクンニしてくれないか?」

「えっ……いいんですか?」

「いいから、言っているんだ。そこでただ見守っているんじゃ、つまらないだろ?　千春さんはもう少し待っていてくれ」

そう言われたら、やるしかない。孝之は立ちあがり、仰臥した葉子の足の間にしゃがんだ。

「これを使いなさい」

伊吹が枕を渡してくれる。孝之はそれを葉子の腰の下に置いて、腰枕にする。

尻の位置があがって、舐めやすくなった。

「いいぞ。感じさせてやってくれ」

伊吹が言って、孝之は女将の恥肉にしゃぶりつく。

ふっくらとした肉厚な下の唇はすでにひろがっていて、内部の赤い粘膜が顔をのぞかせている。

葉子はもう強く抗うことはしない。それでも、ぎゅうと内股になって、それが葉子の羞恥心を伝えてくる。

孝之は意外に落ち着いていた。

甘酸っぱい香りを放つ女将の女陰を、いっぱいに出した舌でじっくりと舐めあげていく。舌が媚肉をすべっていくと、

「んんんっ……んんんんっ……」

葉子は必死に感じまいとしているようだった。しかし、孝之の舌がクリトリスを弾いたとき、

「ぁあああ……！」

葉子は嬌声をあげて、のけぞった。

やはり、陰核が弱いのだ。

孝之は陰核の鞘を剝いて、あらわになった肉真珠をちろちろと横に弾く。クリトリスが揺れて、

「ぁあああ……ぁあああ、ああああ……」

そう喘いで、葉子は自分から下腹部をせりあげてくる。

その声が、急にくぐもった呻き声に変わった。

ハッとして見ると、伊吹が横から葉子に肉柱を咥えさせていた。いきりたつ肉棒を、葉子は横を向いて頰張り、唇をからませている。

そして、伊吹は腰をつかって、怒張を口腔に打ち込んでいる。

「ぐふっ、ぐふっ……」

葉子が噎せた。しかし、肉棹を吐き出そうとはせずに、頰張りつづけている。

ならばと、孝之はクリトリスをじかに舐めた。

舌を上下左右につかって、陰核を弾き、なぞり、時々吸う。

それを繰り返していると、

「んんんっ、んんん……ぁああ、もうダメっ……伊吹さん、欲しい。これが欲しい」

葉子が伊吹の逞しい肉棹を見て、哀願してくる。

「野口くん、ここに来て、頬張らせてくれ。私はオマ×コをちょうだいする」

伊吹が言って、立ちあがる。

孝之も葉子の顔の横に移動する。

伊吹が足の間にしゃがんで、両膝をすくいあげた。いきりたつものを翳りの底に押し当てて、ゆっくりと腰を進める。怒張が体内を押し広げていって、

「はうぅぅ……！」

葉子が顔をのけぞらせた。

伊吹がストロークをすると、

「あっ……あっ……あんん」

葉子は乳房をぶるん、ぶるるんと揺らせて、艶やかな声を放つ。

両手は背中でひとつにくくられていて、使うことができない。この不自由な体勢で、ファックされながらも、葉子は聞いているほうがおかしくなるような声を放つ。

「いつもより、締まりがいいぞ。どうしてだ？　そんなに見られているのが気持ちいいか？　野口くん、ペニスを咥えさせてやってくれ」

伊吹に言われて、孝之は肉柱を口許に押しつける。

　すると、横を向いた葉子が舌を出して、それを招くようにして、勃起を口のなかにおさめた。

　その姿勢のせいで、葉子は顔を振ることは難しい。その代わりとばかりに、舌をねっとりとからめてくる。

　肉棹の表面を舌で擦るようにしてまとわりつかせて、ジュルルッと唾音を立てて、バキュームしてくる。

（ああ、あの女将が……！）

　知的な女将の葉子が、自分ごときのおチ×チンを美味しそうにしゃぶってくる。しかも、葉子はもうひとりの男に膣を貫かれているのだ。

「ふふっ、美味しそうにしゃぶって……そんなに野口くんのチ×ポが美味しいか？」

　伊吹に言われて、葉子はこくんとうなずき、ジュルルと唾音を立てて、孝之の分身をバキュームフェラする。

（ああ、たまらない……！）

　孝之も自分から腰をつかう。

　いきりたつもので、ズリュッ、ズリュッと葉子の唇を犯し、その感触を味わう。

最高の瞬間だった。

伊吹は上体を立てて、葉子の膝を開き、翳りの底に怒張を叩き込んでいる。その姿から、とても伊吹が六十八歳だとは思えない。

「んっ、んっ、んっ……ジュルル……」

葉子は喘ぎながら、肉棹を吸い込んでくる。突かれるたびに波打つ乳房がエロチックだ。

そこで、伊吹が体位を変えた。

葉子を這わせて、後ろから突き入れる。

「ぁああ……」

葉子が喘ぐ。

両手を腰紐で背中でひとつにくくられていて、両手が充血して赤く染まっていた。

伊吹はその両腕が重なっているところをつかんで、引き寄せながら、ぐいぐいと屹立を押し込んでいく。

「あんっ、あんっ、あんっ……」

葉子が喘ぎ声をスタッカートさせる。

そのとき、パチーンと打擲《ちょうちゃく》音が響いた。見ると、伊吹が後ろから打ち込みながら、お尻を平手で叩いていた。

ふたたびパチーンと右手で尻たぶをぶたれて、

「ぁあああ……！」

葉子が嬌声を噴きあげる。ここが、自分の経営する旅館であることも眼中になくなったのか、よく響く声で悲鳴をあげる。

「いつもいい声で鳴くな。もっと鳴かせてやる」

伊吹がつづけざまに右手でスパンキングする。

「いやあああ……ぁああ、許して……許してください」

葉子が哀願する。

「ダメだ。許せない。お前は感じすぎる。美人でしっかり者のくせに、ドMだ。それが男を狂わせる。お前のような女はこの世にいないほうがいいんだ。男はみんなお前にたぶらかされて、資金援助をする。お前は身体をタンポにお金を得ている。そういう悪い女は許せない」

伊吹がつづけざまに尻たぶを平手で乱れ打ちした。

左右の尻たぶが見る見るうちに薔薇色に染まり、

「ぁあああ、あああああああ、ぁああああああ……」

葉子はまるでそうされることが悦びとばかりに、泣いているようなよがり声をあげつづける。

「野口くん、もう一度、イラマチオしてやってくれ。女将のお上品ぶった口を凌辱してくれ」

伊吹に言われて、孝之は葉子の前に腰を入れる。両手は後ろ手にくくられているから、低い位置で咥えさせるしかない。

足を伸ばして、下から屹立を差し出すと、葉子がしゃぶりついてきた。

両手を後ろ手にくくられているから、自由が利かない。孝之は下からぐいぐいと口腔を突きあげてやる。

葉子はバックから嵌められながら、口をもうひとつの男根で犯されて、切羽詰まった様子で喘ぐ。

「おおぅ、葉子、イッていいぞ。気を遣っていいんだぞ。そうら、イケよ。そうら……」

伊吹がたてつづけに叩き込んだとき、

「うはっ……！」

葉子は咥えている肉柱を吐き出して、大きくのけぞり、がくん、がくんと躍りあがった。

4

「イッたか……よし、次は野口くんだ。やっていいぞ」

「……いいんですか？」

「ああ、その代わりに俺も、千春さんとやらせてもらう。どうだ？」

訊かれて、孝之は千春を見る。

千春がこっくりとうなずいた。

「大丈夫だそうです」

「じゃあ、やれ。憧れの女将だぞ。好きにしていいんだ」

「はい……」

孝之ももう挿入したくてしょうがなくなっていた。

腹這いになっていた女将の腰をもちあげて、後ろから勃起を差し込んでいく。

花開いていた恥肉は孝之のイチモツを受け入れて、

「ぁあああ……硬い。硬すぎる……あうぅぅぅ」

葉子が背中をしならせる。

「おおぅ……くっ」

孝之も奥歯を食いしばらなければいけなかった。それほどに、葉子の膣は火照り、蕩けた粘膜が波打つようにして、肉棹を包み込んでくる。

(これが、関東ナンバー二の女将のオマ×コか……!)

孝之は感動さえ覚えて、じっくりとストロークを味わう。

「ぁああ、あああああ……いいの。硬くて、ズンズン来る……ぁあああ、貫かれているわ。わたし、あなたの硬いもので奥まで貫かれてる」

葉子が言うので、孝之はいっそう昂奮して、強く打ち込んだ。そのとき、

「ぁあうぅぅ……」

千春の声がして、そちらに顔を向けると――。

千春が赤いロープで乳房の上下を二段に縛られて、こちらを向いて座っていた。

よく見ると、腰にも赤いロープが巻かれ、中心から二本の赤いロープがまっすぐ下におりて、股間を深々と割っていた。

そして、伊吹は後ろから乳房を揉みしだき、股縄をツンツン引っ張っている。

正座した千春は、股縄が恥肉に食い込むのがつらいのか、

「ぁあああ、あうぅぅ……」

と、喘いで、顎をせりあげる。

そして、伊吹は後ろから乳首をつまんで、くりっ、くりっと捏ねる。

「どうだね、自分の彼女が違う男に苛められている姿は？　嫌悪を感じるか？　嫉妬が昂奮につながる場合もある。私はどちらかと言うと、そっちだ。きみはどうだね？」

伊吹に訊かれて、

「俺は……その……」

「どっちだ？」

「嫉妬します。だけど、あれがなぜかギンとしてきます」

孝之は素直に答える。

「ほお、私と同じだな。もっと嫉妬させてやるよ」

伊吹は立ちあがって、千春にイチモツを咥えさせた。

千春は両手を前のほうでひとつにくくられていて、その手をさげ、口だけでご奉仕をしている。

ショートヘアの似合う顔を打ち振って、伊吹の猛りたつものに唇をかぶせて、すべらせる。

「おおぅ、たまらんな、千春のおフェラは。上手じゃないか……おおうぅ、舌が動く。からみついてくる……おおぅ」

伊吹が陶酔したような顔をして、目を細める。

それを見ながら、孝之はますます硬くなった怒張を、強く叩き込む。

「あんっ、あんっ、あんっ、あんっ……」

葉子が甲高い声で喘ぎ、後ろ手にくくられた手の指でグーを握ったり、パーに開いたりする。

ふいに放ちたくなって、孝之は動きを止めて、こらえる。

まだ射精したくない。

打ち込む代わりに、尻を平手打ちした。パチーンと乾いた音がして、

「ぁあああ……！」

葉子が悲鳴をあげて、がくんと顔を撥ねあげる。

つづけざまに叩くと、打ったところがたちまち赤く染まってきて、

「ああ、ゴメンなさい。許してください」

葉子がせがんでくる。

「ダメだ。許せない。女将のような多情な女は許せない」

孝之はそう言って、またパチーンと尻たぶを平手打ちした。

「ぁああああっ……!」

葉子はまた悲鳴を放って、ぶるぶると震えはじめた。

すると、自分の女がスパンキングされて、いっそう昂奮したのか、伊吹がイラマチオをはじめた。

千春の頭髪をつかんで、腰を振って、イチモツをぐいぐいと口腔に打ち込んでいく。

「んんっ、んんんんっ……」

千春は苦しそうに呻き、眉を八の字に折っている。

「うぐ、ゲホッ、ゲホッ」

千春が咥えていられなくなったのか、肉棹を吐き出して、えずく。

それを見た伊吹が言った。

「野口くん、葉子をこちらに向けてくれ」

孝之は挿入したまま、葉子の向きを変えて、隣の布団のほうに向かせる。すると、伊吹も千春をこちらに向けて這わせた。

　それから、股縄をずらして、あらわになった恥肉にいきりたつものを押し込んでいく。嵌まり込んだのか、

「ぁあああうぅぅ……！」

　千春ががくんと顔を反らせる。

「そうら、葉子も千春もお互いをしっかり見ろ。見つめながら、イクんだ。目をそらすなよ」

　伊吹は命じて、力強く打ち込んだ。

　孝之もひどく昂って、思い切り葉子を後ろから犯していた。

　もちろん初めてだ。知らなかった。こんなに昂奮するものだとは。

　孝之が徐々にピッチをあげていくと、

「あんっ、あんっ、あんっ……ぁああ、イキそう。イッちゃう！」

　葉子がさしせまった声を放って、ぶるぶると震えはじめた。

「そうら、葉子。下を向くんじゃない。こっちを向け。俺にイキ顔をよく見せろ」

　伊吹が言って、

「はい……はい……ぁあああ、ダメ、ダメ、ダメ……イッちゃう。イク、イク、イキます……いやぁあああああぁぁ！」

葉子は嬌声を張りあげて、ぐーんと背中をしならせた。それから、がくんがくんと躍りあがりながら、どっと前に突っ伏していく。

それを見た伊吹がスパートした。

「そうら、千春。お前もイクんだ。彼氏の前で違う男にイカされるんだ。お前はそういう淫乱なんだよ。そうら」

つづけざまに叩き込まれて、

「あん、あんっ、ぁあんん……イクわ。イク、イク、イッちゃう……うはっ！」

千春は顔を大きくのけぞらせてから、がっくりと前に崩れていった。

5

布団の上で、千春が葉子の女体を愛撫していた。

千春が、じつは自分はバイセクシャルであり、葉子をイカせたいと提案して、伊吹に許可されたのだ。

葉子は戒《いまし》めを解かれて、一糸まとわぬ姿で白いシーツに仰臥して、全裸の千春が絹のようなきめ細かい肌をじっくりと撫でている。

「ぁああ、千春さん、もうやめて……これ以上は、恥ずかしいわ」

葉子が言う。しかし、身体は正直で、乳房を揉みしだかれ、乳首にキスされると、

「ぁああああぅぅぅ……」

顔をのけぞらせ、ここにも欲しいとばかりに、下腹部をせりあげる。

「葉子さん、あなたとできて、幸せ。ずっとこうしたかったのよ。とことん愛させてください。ぁああ、乳房が柔らかくて、気持ちいいわ。乳首だけがこんな尖っている。いやらしい身体をしているのね。この敏感な身体を持て余して、伊吹さんに抱かれてきたのね。わたしはいいと思う。女が身体を武器に使っても、まったく問題ない。むしろ、女の武器を使ってこそ、女よ。この敏感な身体も、あなたの経営手腕もリスペクトの対象でしかない。だから、愛させて、あなたを」

千春が耳元で愛の言葉を囁き、キスをおろしていく。

乳房から腹部、さらに繊毛がびっしりと生えた恥丘にキスを浴びせた。ついに

は、両足を開かせて、媚肉にしゃぶりついた。

「あうぅ……！」

葉子が喘ぎ、がくんと顔を撥ねあげる。

そして、千春は太腿の奥に顔を埋めて、丹念にクンニをはじめる。

孝之はそれを隣の布団から眺め、伊吹はかなり至近距離から興味津々という様子で観察していた。

女性同士は男と女と違って、あまり嫉妬は感じない。その代わりに、同性が愛し合うことの奇妙な昂奮が伝わってくる。

千春のクンニは丹念で、執拗だった。

男はこんなに長く、緻密にクンニできないだろう。そして、葉子は確実に感じて、高まっている。

両手でシーツを引っかいたり、右手の甲を口に添えたり、

「はうぅ……！」

顎をせりあげて、ブリッジしたりする。

葉子はやがて、どうしていいのかわからないといった様子で、身悶えをし、

「ぁあああ、あああうぅ……ぁあああ」

泣いているようなよがり声を洩らしはじめた。

異性なら、ここでそろそろペニスを挿入するだろう。しかし、千春にはペニスがない。どうするのだろうと見ていると、千春は持ってきたバッグから、貞操帯のような器具を取り出した。

中央を走る縦ベルトの一部から、内と外に向かって、双頭のディルドーが突き出していた。

（これは、レズ用のペニスバンド……？）

葉子も伊吹もそれを見て、目を剝いている。

千春は双頭のペニスバンドの内側に向かって伸びているディルドーを膣に押し込み、「あっ」と喘いだ。

それから、貞操帯のような形をしたもののベルト部分をぎゅっと締めて、固定する。

異様な光景だった。

千春は黒いリアルなペニスを股間から生やしている。

たわわな乳房を持ちながらも、その股間からはりゅうとした男根がそそりたっているのだ。

それを見た葉子が、たじろいだ。

「大丈夫、怖がらなくていいのよ。大きさは並みだから。硬さもそう硬くはないから……でも、このままだと痛いかもしれないわね。それがいやなら、葉子さん、舐めて……わたしのおチ×チンをしゃぶりなさい」

千春に言われて、葉子は少しためらった。

「やりなさい！」

ビシッと言われて、葉子はにじり寄っていく。

千春の前にしゃがみ、股間からいきりたっているものをおずおずとつかみ、具合を確かめるように握って、ゆるゆるとしごいた。

すると、それが内側を向いたディルドーにも伝わるのだろう、

「んっ……あっ……」

千春が小さく喘いだ。それを聞いた葉子は俄然やる気になったようだった。

葉子は千春の様子をうかがいながら、黒いリアルな張り形に唇をかぶせていく。途中まで頬張って、ゆっくりとすべらせながら、上目づかいに見あげる。

千春がどんな反応をするか見たいのだろう。

ゆっくりとしたストロークが徐々に速く、大きなものになって、

「んっ、んっ、んっ……」

葉子は意識的に声をあげて、人工ペニスを大きく、速く、唇でしごいた。

「んっ……あっ……んっ、あぁうぅぅ」

千春が我慢できないとでも言うように喘ぎ、葉子はますます大胆に激しく唇をすべらせる。

ついには、根元を握って、大きくしごくようなことをする。

「んっ……んっ……ぁあああ、もっと、ゆっくりして……ダメ、ゆっくりしなさい……はうぅぅぅ」

千春が最後は喘いだ。

と、葉子が言った。

「これで、わたしを貫いて……欲しいの。この硬いおチ×チンが欲しい」

千春がうなずいて、葉子が布団に仰臥した。

むっちりとした足をすくいあげて、千春は葉子に膝を持つように言う。

葉子は両膝を自ら持って、足を開く。

濃い翳りが流れ込むところに、女の媚肉が息づき、大輪の花を咲かせていた。

千春は自分のペニスを花芯の中心に導いて、静かに擦りあげた。

「あっ……ぁああ……ぁあああ、欲しい」

葉子が訴えて、千春が慎重にディルドーを埋め込んでいく。さすがに勝手が違って、すぐにはできないようだった。

それでも、数回の試行錯誤の後、ディルドーが女将の体内に沈み込んでいき、

「ぁあああうぅぅ……！」

葉子が大きく顎をせりあげた。

「そうら、入ったわ」

千春が言って、葉子がうなずいた。

千春はしばらくじっとしていたが、やがて、少しずつ動きはじめた。

葉子の膝の裏を両手でつかんで押しあげ、あらわになった恥肉に人工ペニスを打ち込んでいく。

黒々としたディルドーが見る間に、蜜まみれになり、それにつれて抜き差しが自由になるようだった。

千春が大きく腰を振って、差し込み、

「ぁああっ……すごい！」

葉子が喘ぎ、同時に、千春も「うっ」と低く呻く。

伊吹もこういうプレイを見るのは初めてなのだろう。至近距離で、興味津々で眺めている。見守りながら、股間の勃起をさかんにしごいている。

そして、孝之もいきりたつものをついつい握り、擦っていた。

腰を動かしていた千春が、前に倒れていった。

そして、葉子の唇を奪う。

すごい光景だった。

美女同士がキスをしている。上になっているのは、ショートヘアの美人美容師で、下になっていのは業界内でも有数の美人女将だ。

しかも、二人は双頭のペニスでつながっている。

千春がキスの主導権を握っているのは確かだが、葉子は受け身でありながらも、ねっとりと舌をからめ、情熱的に吸っている。

千春が顔をあげて、葉子を見おろしながら、ゆっくりと腰をつかう。

双頭のペニスがずりゅっ、ずりゅっと女将の体内に嵌まり込んでいって、

「あんっ、あんっ、あんっ……」

葉子が喘ぎながら、細めた目で千春を見る。

千春もそんな葉子をじっと見ている。

どちらからともなくキスをして、猛烈に吸い合い、舌をからめ合う。

それから、また千春は唇を離して、ディルドーを打ち込んでいく。

「あっ……あっ……ぁあああ、千春さん、もっとちょうだい。わたしをメチャクチャにして！」

葉子が訴えて、千春は背中を丸めて、乳房に貪りついた。

豊かな胸のふくらみを荒々しく揉みしだき、乳首を吸った。吸いながら、もう片方の乳首を指で転がしている。

「ぁああ、あああああ、いいのよ……へんになる。へんになっちゃう……噛んで。乳首を噛んで！」

葉子が言って、千春が乳首を甘噛みする。きりきりと歯ぎしりするように乳首をつぶし、

「はうぅぅぅ……！」

葉子が顎をせりあげながら、両足を千春の腰にからめ、引き寄せるようなことをする。

それに応えて、千春が腰をつかいはじめた。

両手を突いた腕立て伏せの形で、双頭のディルドーを押し込んでいく。すると、

千春も同じように体内を突かれるらしく、

「くっ……あっ……ぁあうぅぅ」

と、抑えきれない喘ぎを洩らし、それと同様に、

「ぁああ、いいのよ……あんっ、あんっ、あんっ……」

葉子も喘ぐ。

二人が同時に高まっていくのを見ながら、孝之も屹立をしごく。伊吹もさかんに勃起をしごいている。

千春と葉子の様子が逼迫してきた。

「ぁあああ、葉子さん、イキそう。わたし、イキそう」

千春がぎりぎりの声で訴えて、人工ペニスを打ち据える。

「ぁああ、わたしも……イクぅ……もっと強くちょうだい。わたしを壊して……メチャクチャにして！」

葉子が哀訴して、千春の腕を握る。

「ぁああ、葉子さん、わたしを男だと思って」

「ええ、あなたは男よ。そして、わたしは女……ぁあああ、すごいわ。あなたのおチ×チン、硬くて長い。イキそうよ。イッていいの？」

「いいわよ。行く許可をあげる。ちゃんとイクのよ。わたしもイクから」

「はい……ぁあああ、すごい、すごい……あんっ、あんっ、あんっ……」

葉子がたてつづけに喘いで、のけぞる。

それを見ながら、千春が大きく腰をつかったとき、

「あん、あんっ、あんっ……イクわ。行く、イク、イキます……いやぁあああああああああああああ！」

葉子が絶頂の声を噴きあげて、反り返った。

ほぼ同時に、千春も深々とペニスを打ち込んだ姿勢で、がくがくと震えている。

そして、それを見た伊吹と孝之は、二人に向けて、白濁液を飛ばしていた。

第四章　湯の中の女芯

1

初冬だと言うのに、信州の山奥では雪が積もり、孝之は白骨《しらほね》温泉郷にあるS旅館に、ひとりで来ていた。

二泊三日の滞在だった。本来なら千春とともに来るはずだったが、急な仕事が入り、千春は来られなくなった。

その千春からはこう言われていた。

『いつもわたしにおんぶに抱っこじゃあ、孝之だってつまらないでしょ？　それに、今回はきみのなじみの宿なんだし……女将さんのこともよく知っているんでしょ？　それなら、たまにはひとりで女将を口説いたら。いつまでもわたしに頼っていてはダメだから。わかった？』

千春にそう言われて、孝之はうなずくしかなかった。

じつは、S旅館には昨年夏と冬に二度来ていた。

何が目当てかと言うと、温泉と女将だ。

ここの温泉は弱硫黄泉で、白い濁り湯の名泉。とにかく身体が温まることで知られている。

女将は山井扶美子《やまいふみこ》と言って、四十一歳の和服の似合う日本美人で、五年前に夫を事故で亡くしていた。

テレビの女将シリーズで知り、一目惚れして、昨年のうちに二度訪れた。

男のひとり旅であり、また、『女将の大ファンです』と本人の前で恥ずかしげもなく告白したこともあり、扶美子には名前と顔は覚えてもらっていた。

それを千春にも話してあったから、今回はひとりでチャレンジさせようと思ったのかもしれない。

確かに、千春の言う通りだ。これまでは、千春に頼りすぎていた。

そろそろ自分だけで何とかしないと、永遠に千春なしでは女性を口説けなくなってしまう。

それに、今回は今日が孝之の二十一回目の誕生日であり、予約をしたときに、今日が自分の誕生日であることを知らせてある。

ネットで予約するときに、お客さまの特別な日、記念日という項目があって、そこに二十一歳の誕生日と書いておいた。

そんな項目がわざわざあるのだから、旅館で特別に何かしてくれるのかもしれない。

そう淡い期待を持ちつつ、孝之は女将と接触する機会を待っていた。

夕食の少し前に、孝之は座卓の前にある座椅子に腰をおろして、窓から見える雪景色を眺めていた。裏の山に面した部屋で、熊笹がほぼ埋まるほどに積もった雪が山の斜面を覆い尽くして、今も粉雪が降っている。

（こんなときに、女将と雪見露天風呂に入れたら、最高だろうな。もう死んでもいい……）

などと妄想していると、部屋がノックされた。

ドアを開けると、ユニホームの濃い緑無地の着物を着た若い仲居が、小さなホールケーキの載ったプレートを持って、佇んでいた。

小宮葉月《こみやはづき》と言って、孝之をこの部屋に案内して、何がどこにあるかなどを説明してくれた仲居だった。

二十三歳で、まだ仲居になって半年の新米だと言っていた。

「お誕生日、おめでとうございます。旅館からのプレゼントです」

そう言って、

「ハッピーバースデイ・ツー・孝之さん、ハッピバースデイ・ツー・ユー……」

歌いながら近づいてきた。

（すごいな。何か申し訳ないような……）

孝之がかえって恐縮したとき、摺り足で歩いてきた葉月が畳のへりに躓《つまず》いたのか、ドッと前に倒れてきた。

その拍子にプレートが手から離れ、ケーキとともに孝之に向かって飛んでくる。

とっさに避けた。プレートはぎりぎりで避けたものの、ケーキが胡座《あぐら》をかいていた孝之の下半身にぶつかって、ぐちゃっと潰れた。

「ぁあああ、すみません」

顔面から突っ込んだ葉月が、あわてて起きて、孝之を見た。

「わたし、何てことを……すみません」

葉月が駆けつけて、孝之の下腹部にべっとりと付着したケーキを取り除こうとする。浴衣を汚したクリームを拭きはじめる。

そのとき、葉月の指が浴衣の股間に触れて、

「あっ、ゴメンなさい」

葉月が謝る。

しかし今、葉月に触れられた分身がむくむくと頭を擡げてきてしまう。

きっと、葉月がミドルレングスの髪型のかわいらしい人形のような顔をして、その割には胸がデカそうだからだろう。それに、温泉につかって休んでいたので、孝之はブリーフを穿いていなかった。

「いいですよ。自分で拭くから」

「ゴメンなさい。わたし、すごくドジで、いつも怒られてばかりで……とにかく、脱いでください」

葉月が言うので、孝之はノーパンなんだけどな、とためらいつつも、袢纏と浴衣を脱いだ。

そのとき、陰毛を突いてそそりたっている肉柱に気づいたのだろう、葉月がびっくりしたように目を見開いた。

「ああ、ゴメン」

孝之はあわてて股間を押さえる。

「い、いえ……あの、新しい浴衣を持ってきますから。その間、これをはおっていてください。もちろん、これも新しくしますから」

と、葉月が部屋にあった小さいサイズの浴衣を渡してきた。

孝之はとにかく股間を隠したくて、着る。かなり小さいが、股間は隠れる。

「新しい浴衣を持ってきます」

そう言って、葉月がすっ飛んでいった。

すぐに戻ってきて、着替えを渡してくれたので、急いで浴衣に着替える。

「あの、ケーキがぐちゃぐちゃになってしまったので、また新しく作ってもらいます」

「いや、いいよ。大丈夫。気持ちは伝わったから」

「でも……」

「ほんと、いいって」

「……すみません。わたし、まだ転んで誕生日のプレートとケーキを台無しにしたこと、上には伝えてないんです。わたし、ドジってばかりで、もうこれ以上ミスをしたらクビだって言われていて……それで……」

「わかった。言わないでおくよ」

「そうですか？　ありがとうございます」

「いいよ」

「……あの、わたし、誕生日をお祝いできなかった代わりに、何でもします」

「いや、いいよ」

「本当に、何でもします。このままでは気持ちが済まないので……」

葉月が心から申し訳なさそうに言う。

(希望を伝えてみようか……でも、無理だろうな。いいか、とにかく言ってみよう。そうしないと、千春に怒られそうだ)

孝之は思い切って言った。

「あの……じつは、今夜の十時から貸切風呂を予約しているんだけど、そのときに、雪見露天で、女将さんに背中を流してもらえたらって……ああ、もちろん、自分がどんなにあり得ないことを言っているかはわかっているし、無理ならいいよ」

「……わ、わかりました。何とか頼んでみます」

「あ、ありがとう」

「……野口さん、二十一回目のお誕生日、おめでとうございます。本当にゴメンなさい。それでは、失礼いたします」

葉月が帰っていった。

確かにドジではあるけれども、あたふたしているところが、かわいかった。

(だけど、あんな弱みにつけこむようなことをして、最悪だよな……自分が恥ずかしい)

孝之は自己嫌悪に陥った。

2

孝之は夕食を摂り、寛いでから、午後十時に貸切風呂に向かった。

使用は二度目だから、なかの様子はよくわかっている。内風呂があって、その外には半露天風呂がある。

浴衣を脱ぎながら、孝之は淡い期待を抱いていた。

(もしかして、本当に女将が来て、背中を流してくれるかもしれない)

その確率は低いが、可能性がないわけではない。

(だけど、まず来ないだろうな。葉月さんだって、なかなか言い出せないだろうし……無理なことを頼んでしまったかもな)

若干反省しつつ、裸になって、内風呂につかった。

ここの内風呂はとくに白濁度が強くて、下がまったく見えない。入るときに段差があって、孝之は前につんのめりそうになった。

(危ないな。もう少しで転んで、体を打ちつけるところだった。底が見えない湯船は、段差を設けるべきではないいな)

などと考えながら、乳白色のお湯に肩までつかっていると、誰かが脱衣所に入ってきた気配がする。

こういうこともあろうかと、鍵はかけていなかった。

(女将の山井扶美子か……!)

期待感がぐっと高まったそのとき、脱衣所と風呂場の境の扉を開けて、女性が顔をのぞかせた。

ボブヘアの小柄な女——仲居の小宮葉月だった。

「あの、女将さんの代わりにわたしが来ました。お背中を流させてください。わたしでは、ダメですか？」

葉月が着物姿で言う。

孝之はちょっと考えてから言う。

「いえ、ダメってことはないです」

「よかったです。ちょっとお待ちください」

脱衣所で着物を脱いでいる姿がぼんやりとすりガラスに映っている。

(濡れないように着替えているのだろうか？　もしかして、裸？)

マズいことに、股間のものはすでに頭を擡げつつある。

しばらくして、葉月が扉を開けて、入ってきた。

おそらく湯浴み着代わりなのだろう、葉月は白い長襦袢のようなものを身につけていた。前が開かないように腰紐で締めている。

「あの、よろしかったら、あがってここに腰かけてください。お背中を流しますので」

葉月が言って、カランのお湯を桶に汲んで、檜の小さな椅子を流す。

そのとき、しぶきが飛んで、白い長襦袢が濡れ、肌色が透けだしてきた。

(んっ？　ノーブラだよな？)

しぶきが飛んだ胸のふくらみの一部から、肌色の乳肌が透けている。

ドキドキしながら、孝之は股間をタオルで隠して、洗い椅子に座った。

すると、葉月は石鹸を泡立てたタオルで、背中をゆっくりと擦ってくれる。背中を洗ってもらうのはいつ以来だろう？　思い出せないほどだ。

「ゴメン。へんなことを頼んで。そのせいで、きみこんなことを……」

「いいんですよ。元はと言えば、わたしが悪いんですから。せっかくの誕生日祝いのケーキをあんなにしてしまって。ゴメンなさい。心から謝ります」

「……もう、いいって。背中を流してくれているんだから、これでもう完全に帳消しだよ」

「ありがとうございます……やさしいんですね」

「そうでもないよ……」

孝之の心に棲む性欲を、葉月はわかっていないのだ。

葉月が桶に汲んだお湯で、背中の石鹸を流した。そのとき、またしぶきが今度はたくさん飛んで、白い長襦袢が濡れ、肌色が透けだしてきた。

後ろは見なくても、前の鏡にその姿が映っている。

乳房の中心も濡れて、そこだけ濃い色と突起が浮びあがってしまっていた。その赤い乳首が孝之をかきたてる。

「今度は前を洗いますね」

そう言って、葉月が新しくソープをつけたタオルで、胸板から腹部にかけて擦ってくれる。そのとき、屹立がびくんと撥ねて、覆っていたタオルが外れた。

(ああ、マズい……)

鋭角にそそりたった肉柱が丸見えになった。

腹部を擦っていた葉月もそれを見てしまったのだろう、ハッとしたように手が止まった。

引いていく手を、孝之はとっさにつかんだ。

「ゴメン。もう我慢できないんだ。少しでいいから、これを触ってくれるとうれしいんだけど」

思わず言うと、葉月は悩んでいるようだった。

孝之はその手を勃起に持っていく。

と、葉月はいきりたつものをおずおずと握ってきた。後ろから覆いかぶさるようにして、男のイチモツを握り、じっとしている。

孝之の言うことを聞いてくれたのは、自分がバースデイケーキを壊し、ここに女将を呼べなかったという負い目があるからだろう。おまけに今回のミスで自分のクビもかかっている。

「しごいてくれると、すごく、ありがたいんだけど……あっ、無理ならしなくてもいいよ」

おずおずとせかすと、葉月が静かに肉茎を擦りだした。

「……あの、このこと、旅館には絶対に言わないでくださいね」

葉月が耳元で頼んでくる。

「もちろん。言う訳がないよ。そう言いたいのは、俺のほうだよ」

「わたしは、絶対に言いません」

「ありがとう……ぁああ、なんか、すごく気持ちいいよ」

「そうですか？」

「ああ……」

「ちょっと待ってくださいね」

葉月はいったん手を引いて、手のひらで石鹸を泡立て、それを伸ばし、肉柱を握り込んで、上下にすべらせる。

葉月はサービス精神のようなものが旺盛なのだと思った。それに、背中にはたわわな胸のふくらみが押しつけられて、手を上下動させるたびに微妙に揺れて、その柔らかな感触が気持ちいい。

おそらく、そんなにテクニックはない。けれども、とても一途で、情熱的で、その一生懸命さに胸打たれる。

それに、徐々に息が荒くなってきている。葉月は二十三歳だと言っていたが、セックスが初めてと言うわけではなさそうで、たぶん、葉月自身も昂っているのだと思った。

孝之は調子に乗って、さらに求めてみた。

「あの、シャワーを浴びてくれると、うれしいんだけど」

「えっ……シャワーを？」

「ああ、本当に申し訳ないんだけど、シャワーできみのその湯浴み着が肌に吸いつくところを見たいんだ。もちろん、できたらでいいんだけど……」

「わかりました。いいですよ。わたしも寒かったですし」

「ああ、ありがとう」

葉月はシャワーのヘッドをつかんで、自分に向けてかけた。両肩からお湯をかけると、見る見る白い長襦袢が水分を吸って、肌に張りつき、肌の色が透けだしてきた。

胸のふくらみもほぼすべてが浮びあがって、とくに中心の突起がツンと頭を擡げている様子がはっきりとわかる。それだけではない、下腹部も長襦袢が張りついて、黒い翳りが透けてしまっていた。

「恥ずかしいわ……あまり見ないでください」

「ゴメン……でも、見ずにはいられないよ」

孝之はいったん立ちあがり、葉月のほうを向いて、洗い椅子に腰かける。

すると、密林から自分でも雄々しいと感じるほどの肉柱がすごい勢いで、いきりたっていた。

それを見て、葉月の視線が釘付けになった。

「あの、できればでいいんだけど、これを、その……」

孝之が曖昧な言い方をすると、葉月はシャワーで泡だらけのイチモツを洗い流した。

それから、洗い場の檜の床に両膝を突いて、前屈みになり、ギンとしたものの根元を握って、ゆるゆるとしごきはじめた。

イチモツがますます硬く、大きくなって、葉月はびっくりしたように孝之を見た。

「ああ、ゴメン。きみの前だと、どんどん硬くなってしまう」

孝之が言うと、葉月はうれしそうに微笑んだ。

「よかった。わたし、お前は女の魅力がないって、フラれてばかりなんです」

「そんなことはないよ。年下の俺が言うのも何だけど、葉月さんはとってもかわいくて、素直で、恋人にするのには絶好の女性だと思うよ」

「……お世辞でも、うれしいわ。お誕生日を台無しにした、その穴埋めです。わたしからの誕生日プレゼントです。二十一歳のお誕生日、おめでとうございます」

そう言って、葉月が顔を寄せてきた。

内風呂の湯けむりのなかで、ギンといきりたっているものに、ちゅっ、ちゅっとキスをした。

それから、大胆に頬張ってきた。

一気に根元まで受け入れて、そこで少し休んだ。

さらさらのミドルレングスの黒髪がつやつやしていて、しばらくすると、頭が上下に揺れはじめる。

ぷにっとした厚めの唇が敏感な箇所を擦り、ゆっくりと動く。

それが徐々に速く、大きくなり、孝之の開いた太腿につかまるようにして、葉月は顔を打ち振った。

「ああ、気持ちいいよ。ああ、くっ……」

孝之はうねりあがってくる快感に呻く。

千春が恋人かというと、違うような気がする。千春は同志であり、ある意味、セックスフレンドだった。

セックスでは奔放なことを教えてくれるので、それが体に刻まれて、考えはどんどん貪欲になってしまうのだ。

勢いよく唇を往復させていた葉月が、ちゅぽっと吐き出して、肉棹を握った。

ゆったりとしごきながら、孝之を見あげてくる。

「気持ちいいよ、すごく」

孝之が言うと、葉月は安心したように微笑んで、ツーッと裏筋を舐めあげてきた。

何度も裏側に舌を走らせて、亀頭冠の真裏をちろちろと舐めてくる。

そうしながら、根元を握った指をすべらせて、力強くしごいてきた。

「ぁあぁ、それ、気持ちいい……たまらない」

思わず訴える。

葉月は勢いよく茎胴を握りしごきながら、先端を頬張った。唇と舌で亀頭冠を引っかけるようにして、敏感な箇所を摩擦してくる。

ジーンとした痺れが快感にふくれあがっていき、我慢できなくなった。

「ああ、ダメだ。出ちゃう!」

ぎりぎりで訴えると、葉月はちゅぱっと吐き出して、言った。

「いいですよ、出して」

「だけど、その前に、きみと一緒に風呂につかりたい。寒いだろ?」

提案すると、葉月はこくんとうなずいた。

やはり、身体が冷えて、温まりたかったのだろう。

葉月は長襦袢を脱ぐのが恥ずかしいのか、湯浴み着代わりにして、乳白色のお湯につかる。

孝之も隣に座っているのだが、まるでカルピスを流し込んだような白濁湯だから、葉月の下半身は見えない。

それでも、肌に張りつく長襦袢から、乳房のふくらみと色が濃い突起がせりだしていて、ついつい触りたくなってしまう。

「触っていい？」

「ええ……」

孝之は隣からおずおずと右手を伸ばして、乳房をつかんだ。お湯で濡れた長襦袢が張りつくふくらみは、充分すぎるほどに豊かだ。

たぶん、Ｅカップはあるだろう。

葉月がちょっと身体の位置を高くしてくれたので、乳房がすべてお湯から出て、透け出る肌と色づく乳首がとくにいやらしかった。

孝之はそのふくらみをつかみ、尖っている乳首を布地の上から刺激する。強めに弾くと、徐々に葉月の様子が変わった。

「うん……あっ……んっ……ぁあああうぅぅ。いや、気持ち良くなっちゃう」

「気持ち良くなってほしい」

「でも……」

「触ってみて」

お湯のなかで屹立するものを握らせた。すると、葉月は強弱つけて勃起を握りながら、

「ぁああ、あうぅぅ……これが、欲しくなった」

かわいく言う。

「その前に……」

孝之は長襦袢の衿元をつかんで、押し広げながら、肩から抜き取っていく。

もろ肌脱ぎになって、たわわな乳房が転げ出てきた。

大きなお椀を伏せたような形をしていて、先端は薄茶色だ。そのブラウンがかった乳首が妙に生々しくて、いやらしかった。

孝之は正面から、乳首に吸いついた。チューッと吸うと、

「ぁああん……」

葉月は喘ぎ、孝之にぎゅっと抱きついてきた。

顔面がたわわなふくらみに埋まって、息が苦しい。それでも、必死に乳首をしゃぶり、舐め転がし、吸った。

「ぁああ、ああああ……欲しい。ねえ、これが欲しい」

葉月がお湯のなかで勃起を握って、せがんでくる。

「わかった。その前に、そこに腰をおろして、足を開いて」

大理石の湯船のコーナーを示した。

「恥ずかしいわ……」

そう言いつつも、葉月は長襦袢を脱いで、一糸まとわぬ姿になった。それから、コーナーに腰をおろし、おずおずと足を開く。

色白の太腿はむっちりしていて、その中心に濃い翳りが細長くととのえられていた。密度は濃く、繊毛から水滴がしたたっていた。

そして、女の部分は赤裸々にひろがって、内部の鮮紅色をのぞかせている。しかも、それはお湯とは異なる粘液でぬめ光っているのだ。

孝之は吸い寄せられるように近づいていき、その前にしゃがみ、翳りの底に舌を這わせた。

媚肉がひろがって、ぬるぬるっと舌がすべり、粘膜をなぞりあげる。

「ぁあああ……」

葉月が喘いで、顔をのけぞらせる。

狭間を何度も舐めあげると、葉月の腰がくねりはじめた。

舐めあげながら、上方の肉芽をピンと弾くと、

「ぁあああ、気持ちいい……」

葉月ががくがくと痙攣した。

（よし、もっと感じさせてやる）

孝之はクリトリスを舌であやしながら、その下の膣の入口を指でまわすようにさする。ぬるっとした粘膜がますますひろがっていき、

「ぁああ、あああ……野口さん、もうダメっ……欲しい。ください、入れて……もう我慢できない。お願いです……」

葉月が今にも泣き出さんばかりに哀願してくる。

孝之は葉月を立たせて、湯船の縁につかまらせる。肉感的な尻を引き寄せておいて、尻たぶの谷間に沿って勃起をおろし、窪みを見つけた。

押し当てて、少しずつ力を込めると、ぐぐっと押し開いていく確かな感触があって、

「ぁあああうぅぅ……！」

葉月が背中を反らせた。

孝之のものが根元まで嵌まり込んでいき、粘膜がひたひたとからみつきながら、締めつけてくる。

強烈な締めつけで、ストロークをしたらすぐに放ってしまいそうだった。しかし、そのうごめきが孝之を急がせる。

くびれたウエストをつかみ寄せながら、ぐいぐい打ち込んでいた。

もっとゆっくりと、じっくりとストロークしたかった。だが、葉月のよく締まるオマ×コがそれを許さなかった。

「あんっ、あんっ、あんっ……」

葉月の喘ぎ声が貸切風呂に響いて、白い湯けむりがゆらゆらと揺れる。

(ああ、気持ちいい。最高だ……！)

窓には、粉雪が吹きつけていて、外でもしてみたい。しかし、きっと寒すぎて、セックスどころではなくなってしまうだろう。

孝之は右手を前に伸ばし、まわり込ませて、乳房をつかんだ。やわやわと揉みしだき、乳首を捏ねる。そうしながら、ストロークをする。

「ぁああ、ああぅぅ……気持ちいいんです。本当に気持ちいいんです。蕩けちゃう、わたし、蕩けます」

葉月が心から気持ち良さそうな声を洩らす。

「俺も、俺も気持ちいいよ。すごいよ、きみのここは。すごい名器で締まってくる。たまらない……」

そう言って、徐々に打ち込みのピッチをあげていく。

乳首を愛撫していた手で、今度は尻たぶを強くつかんだ。鷲づかみにして、叩き込むと、

「あんっ、あんっ……痛いよ……」

葉月が訴えてきたので、手の力をゆるめた。

「ぁああ、つづけてください」

「いいの？」

「ええ……ぐっとつかんで、ぐいぐい突いて……」

葉月が訴えてくる。

やはり、M性があるのだろう。

セックスには、女性を支配するくらいの力強さが必要なのかもしれない。

孝之は右手で尻たぶをつかみ、左手でも左側の尻たぶに指を食い込ませる。そうして、できる限り強く打ち据える。

パチン、パチンと乾いた音が響き、

「あん、あんっ、あんっっ……ぁああ、イッちゃう。イキそう……イッていいですか？」

葉月が訊いてきた。

「いいよ、イッていいよ」

孝之は自分も放ちそうになっているのを必死にこらえて、つづけざまに打ち据えた。

深いところに切っ先が届き、

「あん、あん、あんっ……ぁあああ、イク、イク、イクっ……イキますぅぅぅぅ……はあっ！」

葉月は大きくのけぞり、それから、力が抜けたみたいにがくがくっと震えながら、お湯に身体を沈めていった。

3

翌日、旅館の近所を散歩して帰ってくると、玄関のところで女将の山井扶美子に呼び止められた。

(何だろう?)

女将に案内されて、事務所に入っていく。

ソファを勧められて、孝之は腰をおろす。

「昨日は、うちの仲居が大変な粗相をしたようで、申し訳ありませんでした」

扶美子がいきなり深々と頭をさげてきた。

「えっ、あっ、いえ……」

孝之は驚いた。女将がなぜあのことを知っているのか？

「あの……それは、葉月さんがご自分で？」

「そうです。今日になって、じつはと……。せっかくの誕生日を台無しにしてしまって、心から謝ります」

扶美子がまた頭をさげた。言わなければわからなかっただろうに、多分、葉月は良心の呵責に耐えきれなかったのだろう。

「そんな……頭をあげてください。葉月さんにはきちんと謝っていただいていますし、気になさらないでください」

「そういうわけにはいきません。聞けば、野口さんはわたしに背中を流してもらいたいとおっしゃったとか……それは事実なんですね」

「はい……確かに」

「では、今夜、貸切風呂をお取りしますので、そのときにわたしが参ります。お背中を流させてください」

「そんな……そこまでされては」

口ではそう言いつつも、孝之はそうなったら最高だと考えていた。

「野口さまには昨年には二度も宿泊いただだいておりますし、今年もいらしていただいております。そういう大切なお客さまの大切な二十一歳の誕生日を台無しにしたとあっては、女将として納得できません。今夜は午後十時から貸切風呂が空いていますので、そこを押さえておきます。ですので、野口さまはその時間に貸切風呂においでください。すぐにわたしもうかがいますので……」

扶美子が言う。

こうして見ても、優美でありながら、きりっとしたところもあり、非の打ち所のない美しさだ。

「あ、ありがとうございます。かえって、恐縮してしまいます」

「いいんですよ。では、お時間を取らせました」

孝之は扶美子とともに事務所を出る。

昨夜、葉月に背中を流してもらい、それ以上のことまでしてもらった。

そのことを、葉月はもちろん女将には伝えていないだろうし、孝之も自分からそれをバラすわけにもいかない。

（ダブルで罪滅ぼししてもらっているようで、申し訳ないけど。でも、女将さんに背中を流してもらう機会なんて、二度とないだろうし、だから……）

孝之は多少の呵責の念を振り払って、部屋に戻る。

その後、食事処で夕食を摂る間も、期待感とそれにともなう緊張感で、落ち着かないのだった。

部屋にいるときに、千春から電話がかかってきた。女将さんとはどうなったかと訊かれて、いろいろあって、貸切風呂で背中を流してもらえることになったと伝えたところ、

『大チャンスじゃないの。ダメもとで切り出してみなさいよ。踏み出さなければ、何も生まれないからね。ああ、そうそう……こっちにもいい情報が入っているわよ。旅仲間に聞いたんだけど、女将の山井扶美子、そこの番頭をしている人とできて、再婚間際まで行ったらしいの。だけど、番頭がその能力を買われて、ある有名な旅館にヘッドハンティングされて、いきなり移ったそうよ。その番頭は扶美子より、仕事を選んだ。それで、女将は今、傷心の状態にあるみたい。だから、上手くやれば、無下に扱われることはないと思う。いい結果を待っているわ。何もしなかったというのだけは、やめてちょうだい。わかったわね』

千春にそう言われて、孝之はこれはやるしかないと決意をあらたにした。

そして、午後十時少し前に、フロントで貸切風呂の鍵をもらい、鍵を開けてなかに入る。

やはり、まだ女将はいなかった。

浴衣を脱ぎ、かけ湯をして、いったん外湯を見た。

今夜は雪は降っておらず、積もった雪を見られる状態で岩風呂につかることができそうだった。

その後、内湯につかった。乳白色のお湯で緊張しつつ待っていると、人が脱衣所に入ってくる気配がした。

（女将さんだ……！）

孝之は耳をそばだてた。

すりガラスに、若紫色の浴衣を脱ぐ様子がぼんやりと映っている。その浴衣がさがっていき、肌色が現れた。

それだけで、孝之のイチモツは力を漲らせる。

すぐに扉が開いて、扶美子が入ってくる。

（あっ……裸だ！）

葉月のように湯浴み着をつけてくるものだと勝手に思っていた。

だが、扶美子は無地の白いタオルを胸から下腹部にかけて垂らしているだけで、一糸まとわぬ姿で現れたのだ。

しかも、見事なプロポーションで、覆いきれない乳房はたわわで形が良く、直線的な上の斜面を下側の充実したふくらみが支えている。

素晴らしすぎた。

見てはいけないものを見ているような気がして、思わず視線を落としていた。

「お邪魔しますね。お背中を流しにまいりました。その前に、少し温まらせてくださいね」

そう言って、扶美子がかけ湯をはじめた。

背中を向けて、片膝を突いて座っている。黒髪はアップに結われて、官能的なうなじが美しい。肩幅があり、ウエストはきゅっと締まっていて、そこから雄大なヒップがひろがっていた。四十路過ぎとは思えないほどに肌の張りがあり、適度についた肉が女らしい優美さを伝えている。

その日本的な美に打たれて、孝之は女将の後ろ姿を目に焼きつける。

扶美子はかけ湯を終えて、タオルで前を隠しながら、お湯に入り、タオルを縁に置いて、身を沈めた。

乳白色のお湯が隠していて、全身は見えない。しかし、お湯の表面から出た乳房と首すじ、肩と顔は見えている。

孝之とは二メートルほど離れて向かい合う形である。

たわわな乳房の谷間にただようお湯の波が気になってしょうがない。

「野口さんは大学に行っていらっしゃるんですね？」

扶美子がお湯を肩にかけながら、訊いてきた。

「はい……」

「学部は？」

「経済学部です」

「よろしいですね、現実に応用できそうな学部で。将来が愉しみです……旅がお好きなんですか？」

「はい……とくに温泉が好きで。いろいろと行っています」

「うちはどうですか？　野口さんの目で見られて……」

「最高だと思います。それで、常連さんになっています」

「ありがとうございます。それじゃあ、とくに今回の件は失望なされたことでしょうね？」

「……ケーキのことですか？」

「はい。うちの仲居が大変失礼いたしました。彼女がその時点で伝えてくれたら、すぐにやり直しができたんですが……」

「彼女もわざとではないので、あまり責めないであげてください」

「おやさしいんですね……そろそろ、背中を流させてください」

扶美子がお湯からあがって、洗い場でシャワーを調節しはじめる。自分のタオルを使っているので、一糸まとわぬ姿が目に飛び込んできた。

乳首のツンとした形のいい乳房、濃い陰毛と淡く染まった色白の尻……。

四十一歳だと言うのに、胸もヒップも凜として張っている。

抜群のプロポーションに適度に肉がついていて、これぞ熟れた身体の代表といってよかった。

股間のものがぐんと力を漲らせ、孝之はそれをタオルで隠しながらお湯から出て、洗い椅子に腰をかける。

と、扶美子が石鹸で泡立てたタオルで、背中を擦りはじめた。

「痛くないですか？」

「ああ、はい……大丈夫です」

「ひろい背中ですね。男の人は華奢に見えても、肩幅があって背中がひろいんですね。スポーツは何かやられているんですか？」

「ええと、野球は中学からやっていました。今も大学のサークルで軟式をやっています。下手ですから、人数合わせ程度ですが……」

「ああ、野球をされているから、背中のこのへんの筋肉が盛りあがっているんですね」

扶美子が肩甲骨から背中にかけて、強くなぞる。

それから、下へとおりていき、脇腹や腰のあたりを擦ってくれる。

気持ちが良かった。

背中を流してもらう心地よさと、もうひとつ、憧れの女将さんに肌を撫でられているという快感。

扶美子がいったん石鹸を洗い流して、ふたたび石鹸を塗り込んだタオルで前の方を擦ってくれる。胸板から腹部へとおろしていったときに、手がタオルを持ちあげている勃起に触れて、一瞬、動きが止まった。

それがギンとしていることに気づいたはずだ。

葉月はそこで下腹部に触れてきたが、扶美子はそうはしなかった。やはり、自分が女将であるというプライドがあるのだろう。

勃起を迂回して切りあげ、シャワーで石鹸を洗い流した。

その頃には、孝之のイチモツは完全にいきりたっていた。しかし、扶美子は気づいても、それ以上踏み込んでこない。

(ここは、自分が何とかしないと……)

孝之は思い切って、提案した。

「あの……今度は俺が女将さんの背中を流します」

「えっ？　そんなことさせたら、罪の償いが台無しになってしまいます」

「どうしてもやりたいんです。女将さんが、扶美子さんが旅館の経営やもろもろのことでお疲れになっていらっしゃることは、よくわかっているつもりです。つまり、俺は女将さんのファンなんです。やらせてください。それで初めて、俺はあのケーキの件をなかったことにできます。お願いします」

孝之は必死に頼んだ。多少格好悪くとも、やるのだ。そうでないと、千春に何と言われるかわからない。

「……わかりました。そうおっしゃるなら……でも、少しでいいですから。疲れない程度で」

「はい……じゃあ、ここに座ってください。あっ、待ってください。流しますから」

孝之はシャワーを使って、洗い椅子を清めた。

それから、後ろにしゃがんで、自分の使っていたタオルに石鹼を塗り込んで、泡立てた。

扶美子が椅子に座る。美しい背中だった。とくに、アップにされた髪からのぞくうなじが、そそる。そこには、かるく渦を巻いた後れ毛がやわやわと生えていて、秘めた官能美をかもしだしている。

柔らかな曲線を描く肩から肩甲骨、さらに背筋へとタオルを這わせていく。きめ細かい肌に白い泡がつき、そこをなぞっていく。

「強くないですか？」

訊くと、

「大丈夫よ。ちょうどいい……気持ちいいわ、すごく……もう長らくこんなことはされたことがなかったから」

扶美子が答える。

「そうですか……たまには、こういうのもいいでしょう？　サービスするばかりでは疲れます」

「そうかもしれないわね……野口さん、思ったより大人なのね。びっくりしたわ」

「いえ、そんなことはないです……」

孝之はいったんシャワーで石鹸を流し、もう一度、石鹸をつけたタオルを今度はまわし込んで、腋の下から脇腹へとなぞっていく。そのとき、

「あっ……」

扶美子が小さく喘いで、ビクッとした。

（感じたのか？　いや、くすぐったかっただけだろう）

孝之はそのタオルを脇腹から腋の下へとなぞりあげていく。すると、手がタオルとともに胸のふくらみに触れてしまい、

「んっ……！」

扶美子はまたビクッとして、両腕を前で交差させるようにして、腋の下を隠した。

「ゴメンなさい。もう、いいです」

「まだ洗えてないです。腕をあげてください」

「できないわ、恥ずかしくて」

「そうしないと、洗えません。お願いです。腕をあげて、頭の上で右手で左の手首をつかんでください」

「……こ、こう?」

扶美子は言われたように、頭上で手をつないだ。

腋の下があらわになって、その無防備な体勢が、孝之を昂らせる。

「そのままですよ。石鹸を手で塗りますから」

そう言って、孝之は両手で石鹸を持って擦り、白い石鹸だらけになった両手を左右からまわし込んで、乳房をとらえた。

「あっ、いけません」

「ダメですよ。手をおろしては……そうしないと、よく洗えません」

孝之は左右の乳房に石鹸を塗り付けるようにして、丸くなぞった。

手のひらのなかで、柔らかくて量感のある乳房が弾んで、指が真ん中の突起に触れたとき、

「んっ……!」

扶美子はまたまたびくんとして、身体を縮こまらせた。

孝之はふたたび手のひらに石鹼を塗り付けて、それを胸のふくらみになすりつけていく。つるつるっとすべって、柔らかなふくらみが弾み、その中心に感じる突起があっと言う間に硬く、しこってきた。

「ああ、野口さん、いけません。こんなことをなさっては、いけません。ダメっ……ダメっ……ぁあうぅぅ」

なぜだろう、扶美子に『いけません。ダメっ』と言われるほどに、孝之は気持ちが高まり、股間のものがますますいきりたつ。

「もう少し、石鹼できれいにさせてください」

孝之は耳元で言い、乳首をくりっと捏ねた。片方を荒々しく揉みしだきながら、もう一方の突起を左右にねじる。

すると、これに弱いのか、扶美子の様子が一気に変わった。

そう喘いで、腰をじりっとくねらせる。

「ああ、はうぅぅ……」

女将は催してきたのだと思った。

千春の話では、再婚間近までいっていた番頭に裏切られたのだと言う。

おそらく、扶美子はビジネス面以上に、女の部分で痛手を受けているだろう。熟れた肉体がつきあっていた男がいなくなったことによって、欲求不満になっているのだろう。

その寂しさを、できる限り埋めてあげたい。

孝之は右手を真下におろしていき、翳りの底に押し当てた。

猫の毛のように柔らかな陰毛を感じながら、中指を強く押しつけると、ぬるっと潤った部分があって、

「あっ……！」

ひろがっていた太腿がぎゅうと閉じ合わされる。

太腿の圧迫感を押し退けるようにして、翳りの底を指でなぞると、そこが潤いを増して、閉じていた太腿が徐々にひろがった。

「ぁああ、もう、許して……これ以上はいけません」

扶美子が顔を左右に振る。

「女将さん、俺、もう我慢できません」

孝之は勃起を背中に擦りつけながら、乳房を揉みしだき、下腹部のぬめりをまさぐった。

粘膜の潤いはいっそう増して、乳首はカチカチになった。両方を執拗に愛撫していると、扶美子の様子がいよいよ逼迫してきた。

「ぁああ、ああうぅぅ……」

と、喘ぎ、顔をのけぞらせる。

孝之が扶美子の右手をつかんで、後ろにまわさせると、扶美子は途中から自分の意志でいきりたつ肉柱をさがして、握ってきた。

その具合を確かめるように触れて、しごく。

「女将さん、もう我慢できません。俺はずっとファンでした。一度でいいから、あなたとこうしたかった。好きなんです」

思いを告げると、扶美子はこちらを向いて、洗い椅子に座り、猛りたつものをそっとつかんだ。

「逞しいわ。硬くて、長い……このことを、絶対に口外しないと約束できる？」

「はい……絶対に言いません」

孝之はきっぱりと答えた。

4

扶美子は洗い椅子に座ったまま、立っている孝之の勃起に顔を寄せてきた。上を向いている屹立の茜色にてかる頭部に、ちゅっ、ちゅっとキスをした。それから、舌を出して、鈴口に沿って舐めてくる。

尖った舌先で尿道口をくすぐるように刺激し、顔を横向けて、亀頭冠を舌でなぞり、さらに、裏筋に沿って舐めおろしていく。

くすぐったいような快感のなかで、扶美子の襟足に視線が釘付けになった。

やわやわした繊毛と楚々としたうなじと、首すじのライン……。

日本的美の代表のような女性が、自分のイチモツをしゃぶってくれている。それだけで、孝之は射精しそうになった。

扶美子は裏筋を舐めおろしていき、根元から舐めあげてくる。

亀頭冠の真裏にちろちろと集中的に舌を走らせ、そのまま亀頭部を上から頬張ってきた。

孝之の太腿に手を添えて、ゆっくりと唇をすべらせる。

まるで天国だった。

ひと擦りされるだけで、分身が充溢しながら、蕩けていくようだ。

やがて、扶美子の右手が皺袋をやわやわとあやしだした。睾丸をかるく持ちあげて、揺する。それから、表面を撫でる。

扶美子が椅子から降りて、ぐっと姿勢を低くし、睾丸を舐めあげる。

(ウソだ！　あの優雅な女将が、俺のキンタマまで舐めてくれた！)

感激して、睾丸が勝手に躍りあがった。

扶美子は皺袋に丁寧に舌を走らせながら、いきりたつ肉柱を握って、しごいてくれる。

睾丸を舐めながら、見あげてくる。

その羞恥を見せつつも、自分の愛撫がもたらす効果を推し量っているような目が、たまらなく色っぽかった。

扶美子はそのまま睾丸から裏筋を舐めあげていき、上から頬張ってきた。

ぐっと根元まで咥えて、陰毛に唇が接するまで切っ先を喉に受け入れ、ぐふっ、ぐふっと噎せた。

それから、ゆっくりと引きあげていき、途中からまた深く咥える。

それを繰り返されると、唇の適度な圧迫で分身が歓喜した。たんに唇だけではなく、舌も動いている。

ねろり、ねろりと裏のほうを刺激してくる。

達者なフェラチオは舌も活用するのだ。それだけではない、ゆっくりとストロークしながら、頰はぺこりと凹んでいる。それだけ、バキュームしてくれているのだ。

扶美子はいったん吐き出して、唾液でぬめる肉柱の根元を握りしごく。そうしながら、同じリズムで先端に唇を往復させる。

根元をぎゅっとしごかれ、敏感なカリをつづけざまに唇で摩擦されると、ジーンとした痺れがさしせまった快感へとふくれあがっていった。

「ぁああ、ダメだ。出そうです……扶美子さんとしたい。女将としたいです」

ぎりぎりで訴えた。

「身体が冷えてきたから、お湯につかりましょうか……雪見露天で流してもらいたいと言っていたそうね。来て」

扶美子はタオルを持って、外湯へと向かい、岩風呂につかった。それを見て、孝之も近くに体を沈める。

「雪はあがってしまったけど、雪景色はきれいね」

扶美子が言って、

「ああ、はい……感激です。女将さんと雪見露天に入れて」

露天風呂と言っても、屋根は突き出していて、雨や雪をふせぐことができるようにできている。前面は開いており、熊笹が雪をかぶって、頭を出している。

そのはるか向こうには真っ白な雪に覆われた山々が見えた。その上には星が煌めく群青色の夜空がひろがっている。

扶美子が近づいてきて、すぐ隣に裸身を沈めた。乳白色のお湯のなかを右手が伸びてきて、いまだいきりたっているものを見つけて、握ってきた。

「わたしとこうしたかったのね？」

「はい……夢でした」

「じゃあ、夢を叶えてあげる。野口さんの一日遅れの誕生日祝い……」

そう言って、扶美子が向かい合う形でしゃがんだ。

白濁したお湯のなかで握った屹立を導き、それを体内に迎え入れて、慎重に沈み込んでくる。

切っ先がお湯より熱い体内に潜り込んでいって、

「はうぅぅ……！」

扶美子は顔をのけぞらせて、孝之の肩を手でつかんだ。

（ああ、すごい。入ってる。扶美子さんのオマ×コに俺のチ×ポが嵌まっている！）

孝之は舞いあがった。

そのとき、扶美子の顔が近づいてきた。

キスされていた。

夢のような出来事に陶酔しながら、キスに応える。

扶美子は舌を差し込んで、からませてくる。さらには、口腔をなぞり、歯茎の裏を掃くように舌をつかう。

達者なキスだった。孝之が経験したなかでは、最高級のキスだった。

そして、扶美子は舌をからませながらも、微妙に腰を揺するのだ。

キスだけでも舞いあがっているのに、勃起まで粘膜で擦られて、孝之はただただ至福に満たされる。

扶美子はキスをやめて、両手で孝之の肩をつかみ、やや上体をのけぞらせて、腰をつかう。

「あっ……あんっ……あっ……」

くぐもった声が洩れて、扶美子はそれを抑えようとしたのか、またキスをする。

扶美子は唇を重ねながら、腰をくねらせた。

やがて、キスできなくなったのか唇を離して、

「ぁああ、恥ずかしいわ。腰が止まらないの……言わないでね。他の人に言わないでくださいね」

「もちろん。二人だけの秘密です」

そう言って、孝之は乳房に貪りついた。

たわわな乳房は温泉で温められて、やわらかく火照っていて、ふくらみに顔を埋めるだけで、幸せな気持ちになる。

孝之は一方の乳首を舐めながら、もう片方を荒々しく揉みしだいた。それをつづけていくうちに、扶美子の腰振りがいっそう激しくなって、

「ぁああ、気持ちいい……本当に気持ちいい」

喘ぐように言う。

「俺もです。最高です。俺、毎年ここに来ます。一度だけでなく、何回も。友だちも連れてきます」

「ありがとう。そうしてくださると、うれしいわ……ぁあああ、吸ってはいやよ。弱いの……吸われると弱いから」

乳首にしゃぶりついて、吸うと、扶美子が言う。

孝之はちゅっ、ちゅっ、ちゅっと断続的に乳首を吸った。

「あん、あん、あんっ……ぁあああ、いい……おかしくなる。へんになっちゃう」

扶美子はそう言って、激しく腰を前後に振り、さらにはグラインドさせる。

すると、乳白色のお湯がちゃぷちゃぷと波打ち、冷気に触れていっそう白くなった湯けむりまでが揺れた。

「ぁああ、もっと欲しいわ。強くして……わたしを壊してください」

扶美子が哀願してくる。

だが、この体勢では、強く打ち込むことはできない。

「少し寒いかもしれませんが、そこつかまって、こちらにお尻を突き出していただけますか？」

孝之が湯船の縁の平たい石を指すと、扶美子は両手を突いて、腰を後ろにせりだしてきた。

「寒くないですか？」

「平気よ。ちょうだい」

扶美子がぐいとヒップを突き出してきた。

丸々とした豊かな尻たぶの底に女の雌芯が息づき、花開いている。

いきりたつものを押し当てて、慎重に押し込んでいく。ぬめりが亀頭部を呑み込んでいって、

「はうぅぅ……！」

扶美子が背中をしならせる。

孝之はくびれた細腰をつかみ寄せて、いきりたっているものを抜き差しする。

最初は浅いところをつづけて擦った。

それから、徐々に深いところへと届かせる。

千春と出逢う前には、こんなことはできなかった。ひとりの女性と性交渉を持っただけのセックスの初心者だった。

それが今では余裕ができて、いろいろと考えながらセックスできる。

これもすべて、千春のお蔭だ。

しかし、今は彼女なしでしっかりと女将を抱いている。運が良かっただけだが、

運も実力のうちと言う。

女将のよく練れた膣を味わいながら、腰をつかった。

「あんっ、あんっ、ああああん……」

女将が声を抑えながらも喘ぎ、孝之の前には雪景色と満天の星のかかった夜空が見える。

雪見をしながら、女性とつながっている。これをしたかった。

孝之は扶美子の右手を後ろに引っ張って、強く突く。

半身になった扶美子は、乳房をぶるん、ぶるるんと波打たせながら、

「あんっ……あんっ……ぁあああああ、奥に来てる。ああ、すごい、すごい……」

眉を八の字に折って、今にも泣き出さんばかりの顔で切羽詰まった態度を取る。

もっと攻めたくて、孝之は扶美子の上体を起こさせて、後ろから乳房をつかんだ。

左右から二つのふくらみを鷲づかみにして、上体を支える。そうしながら、後ろからの立ちマンで激しく突いた。

「あん、あん、あんん……ぁあああ、イキそう……わたし、イキます……イカせて、お願い」

扶美子が哀願してくる。

「そうら、イクんだ。女将さん、イッてください」

孝之が力強く突きあげたとき、

「イク、イク、イッちゃう……はうぅ！」

扶美子は大きくのけぞって、がくがくと痙攣した。

気を遣った扶美子はしばらく外湯で身体を温めていたが、

「野口さん、まだ出してないでしょ。なかでもう一度しましょ」

と、うれしい提案をしてきた。

「わたしは向かい合う形が好きなの。それでいい？」

「もちろん」

扶美子は大胆に洗い場の檜の床に仰臥した。

内風呂の床に色白のむっちりとした裸体を横たえる女性は、それだけでとても昂奮した。

「いいのよ、ちょうだい」

孝之は膝をすくいあげて、黒々とした翳りの底にいきりたちを押しつけた。

ちょっと力を入れただけで、蕩けた膣はぬるぬるっと肉棹を吸い込んだ。そして、粘膜が波打つようにざわざわとからみつき、内へ内へと本体を手繰り寄せようとする。

「ああ、すごい……締めつけてくる」

「わたし、すごくひさしぶりなのよ。でも、うれしいの。四十歳を過ぎても、感じることが。前より、感じるようになったみたい……きみが上手なんだわ、きっと……中出ししていいのよ。わたしは妊娠できないの。だから、出していいのよ」

扶美子が下から見あげて言う。

もっと、じっくりとこの体位を味わいたかった。しかし、扶美子にそう言われると、早く出したくなった。

両膝の裏をつかんで、持ちあげながら開かせる。

扶美子は股関節が柔らかいのか、百八十度近く開いてしまう。そして、漆黒の翳りの生えた恥丘はふっくらとして、孝之が屹立を打ち込むと、恥丘もわずかに盛りあがる。

それを見ているうちに、たまらなくなった。

この体位は挿入も深い。

ずりゅっ、ずりゅっと打ち込んでいくと、奥のほうの扁桃腺のようなふくらみが亀頭にまとわりついてきて、ぐっと快感が高まった。

「ぁああ、ああああ……いいの。奥に当たっているわ。突いてくる……ぁああ、おヘソまで届いてる……ぁあああ、いいの、いいの……あんっ、あんっ、あんっ……！」

打ち据えるたびに、たわわな乳房がぶるん、ぶるるんと波打ち、扶美子は両手で床の檜をひっ掻くようにして、顎をせりあげる。

大きく開かれた足の指が反りかえり、内側に折れ曲がる。

内湯のなかは、温泉の湯気や熱気でむんむんとしていて、そこに扶美子の逼迫した喘ぎ声が響いた。

「あんっ、あんっ、ぁああん……ぁあああ、イキそう。わたし、またイッちゃう……いいの、イッていいの？」

「いいですよ。俺も、俺も出します」

「ぁああ、ちょうだい。ちょうだい」

孝之がスパートしたとき、

「……あんっ、あんっ、あんっ、ぁあああ、イク、イク、イッちゃう……」

女将が床をひっ掻いて、胸をせりだした。
孝之がつづけざまに打ち据えたとき、
「イキます……いやぁああああああああぁぁぁぁぁ！」
扶美子が内湯に響きわたる絶頂の声をあげて、のけぞり返った。
駄目押しとばかりに深いところに打ち込んだとき、孝之も熱い男液をしぶかせていた。
そして、若い精液を子宮に受けながら、扶美子はがくん、がくんと震えつづけていた。

第五章　和室で開く花

1

十二月になって、孝之と千春は山形県にある銀山《ぎんざん》温泉に一泊二日の予定で向かっていた。

銀山温泉は極めて予約が取りにくい人気の温泉地である。

孝之は初めてで、千春は二度目だと言う。ただ、この前来たのは夏だったから、冬期に訪れたのは、これが初めてらしい。

今は雪が積もっており、雪景色の銀山温泉はとくに情緒があると言われているので、孝之もわくわくしていた。

新幹線の駅まで、旅館の小型バスが迎えにきてくれて、四十分ほどで銀山温泉に到着した。

遠くに見える山々も真っ白で、銀山温泉も道路以外は雪がうずたかく積もっていた。銀山温泉の街並みはせいぜい三百メートルといったところか。中心を流れる銀山川を挟んで数十軒の旅館やカフェ、土産物屋が並んでいる。

特徴的なのは、旅館建物の様式だ。幾重にも重なった多層建築で、かつての大正ロマンを彷彿とさせる。

実際、この建物の基礎は、大正から昭和にかけて建てられたものらしい。江戸時代は上流にある銀山の発掘で賑わい、やがて、銀山が閉山をすると、湯治場として栄えた。

当時の面影を残した街並みは、中心を流れる清流とそこにかかる幾つもの橋、夜になると灯るガス灯によって、現実離れした、幻想的な空間として、観光客を引き寄せる。

とても小規模な、大正ロマンの異空間――と言うのが、孝之が初めて温泉街を見たときに抱いた感想だった。

この異空間は、徹底的な建物の統制によって、初めて成り立つものだ。

ここをデザインした街の人々に、孝之は感謝したくなる。

二人は、紅い橋の正面にある、昔の銭湯の玄関のような破風の、三層によって成り立つ旅館にチェックインする。

部屋数が八つの小さな旅館だが、二人がここを選んだのは、ここが石川美奈子《いしかわみなこ》と佳奈《かな》という美人姉妹によって、切り盛りされているからだ。

美人女将シリーズによると、三十九歳の美奈子が姉で、結婚して、女将をしている。

そして、二十八歳の歳の離れた妹の佳奈は独身で、若女将として活躍している。

千春はこの両方とレズってみたいという、夢のような願望を持っている。

孝之は、姉は人妻で、ご主人もこの旅館の支配人をしているから、恐れ多くて手を出せないが、独身の佳奈なら年齢も近いし、抱いてみたいという大それた願いを持っている。

が、それ以上に、この雪の銀山温泉に宿泊すること自体が、大きな喜びだった。

二人が玄関をあがると、早速、着物姿の明るい感じの美人がチェックインの手続きを取ってくれた。

和服に合うセミショートの髪形で、大きな目をした元気な女性が、若女将の石川佳奈だった。

『愛嬌の若女将に、色気の女将』と謳われているが、実際に佳奈はくりくりっとした目に何とも言えない愛嬌があって、孝之は一瞬にして、魅了された。

中肉中背だが、どちらかというと丸顔で笑顔が人懐っこい。着物の上からでも、胸の豊かさがわかる。袖から出た腕はもち肌で、指がとてもきれいだった。

言い寄ってくる男をいなすのに大変だという話を聞いていたが、実際に佳奈を目の当たりにして、それが納得できた。

驚いたのは、佳奈が若い頃は美容師を目指していて、実際に美容師免許を持っていたことだ。

千春の職業に美容師と記してあったのを見て、佳奈が自分からそれを言い出したのだ。

「そうなんですか……いざとなったときには、美容師に転身できますね」

千春に言われて、

「そうですね。実際に二年間は美容師として働いたんですよ。でも、そこで母が亡くなって、姉が跡を継ぐというから、旅館を手伝うことになりました」

「今じゃあ、佳奈さんは旅館になくてはならない存在ですものね。お客さんで、佳奈さん目当てにいらっしゃる方が多いと、うかがっています」

千春が言って、

「いえ……そのことは、姉の前ではこれということで」

と、佳奈が唇の前に人差し指を立てた。

「嫉妬で、気分を害されるんですね。お姉さまが……」

「いえ、そういうことでは……では、お部屋に案内いたしますね」

佳奈は話題を変えて、先に立って歩きだした。

部屋は二間つづきで、一方にはベッドが二つあり、窓側は和室で座卓が置いてある。

部屋の説明や、夕食の時間と場所を話して、「では、ごゆっくりとお寛ぎください」と佳奈が去っていく。

二人は夕食まで時間があるので、風呂に入ることにした。

ここには大浴場はなく、三つの貸切風呂があり、空いているときに自由につかっていいことになっている。

もっとも広い貸切風呂が空いていることを確認して、二人は表の札を入浴中に引っくり返して、入っていく。

脱衣場で浴衣を脱いで、浴室に向かう。貸切風呂というには立派すぎる総檜風呂で、浴槽も四人家族が入っても充分すぎるほどに広い。

孝之はかけ湯をして、湯船につかる。

ここのお湯は無色透明で、少ししょっぱい。湯の花も少し浮かんでいる。長くつかっていられるやさしい温泉だった。

洗い場では、千春が後ろ向きでかけ湯をしている。その見事な裸身は神々しいほどで、これだけの女性に旅のお供をしてもらえる自分を、ラッキーすぎる男だと感じる。

この風呂は三階にあり、上方には大きな窓が、下方にも長方形の平たい窓がついていて、そこを開けると、建物の屋根とともに銀山川の流れを上から見ることができる。

なかは湯気で熱いので、下の窓を半分ほど開けたままにする。

お湯につかっていると、窓から屋根や建物が見える。

そこに、千春が入ってきた。

孝之のすぐ隣に座って、そうすることが当然とでも言うように、右手を股間に伸ばしてくる。

半勃起していた分身が、千春のしなやかな指を感じて、徐々に力を漲らせてくる。

「さすがね。孝之のここはすぐにカチンカチンになる」

「多分、ここが千春さんの気持ち良さを覚えているんですよ」

「ありがとう……で、こんなときに何だけど、きみに言っておかなければいけないことがあるの。旅の終わりに言おうかとも思ったけど、最初に言っておくことにした」

千春は訳のわからないことを口にしながら、前を向いて、お湯のなかで勃起を握りしめている。

「……何、ですか？」

不安に駆られて、孝之は訊く。

「わたし、恋人ができたのよ」

千春がまさかのことを言った。

「恋人って……？　年上の男とか、働いている美容師仲間とか？」

「……違うわ。孝之の知っている人よ」

孝之は首をひねる。さっぱりわからない。

「ゴメン。思いつかない。誰？」

「……岡崎愛美」

「え、え、え、ええ！　男じゃなくて、女なんですか？　美容師の卵のあの愛美ちゃん？　混浴に一緒に入った愛美ちゃんでしょ？」

「そうよ。あの愛美ちゃん。今度、あの子と同棲することになったのよ。正確に言うと、もう一緒に住んでいるんだけど」

こういうのを開いた口がふさがらないというのだろう。

千春がレビズアンであることは、もちろんわかっていた。しかし、まさか、あの愛美が千春の恋人になってしまったとは……。

孝之はどう答えていいのか、わからない。

「びっくりした？」

「ああ……」

「それでね。本当に伝えたいのは……」

千春が横の孝之をじっと見た。

「しばらくは、きみとの旅はできなくなるっていうことなの」

「えっ……？」

「愛美が嫉妬するのよ。孝之との旅を。理由はわかるでしょ？」

「……でも、愛美さんとはレズだし、俺とは普通の男女で、全然違うじゃないですか？　それでも、ダメなんですか？」

「ダメだって言うのよ。今回も、家を出るのが大変だったんだから。愛美は孝之ともセックスしているんだし、わたしは、また3pしてもいいくらいに思っているのよ。だけど、愛美はそうならないのよ。だから……愛美が納得するまで、二人での旅はやめましょう」

「……これが、最後の旅ってこと、ですか？」

「将来的に、可能性はある。でも、今の状態ならこれが最後になるかな。ゴメンね。自分から誘っておいて。でも、きみが嫌いになったわけじゃないから……あら、小さくなっちゃったわ……そこに座ってみて」

千春に言われて、孝之は湯船の縁に腰かける。

すると、千春が柔らかい肉茎の根元をつかんで、ぶんぶん振った。肉茎がしなって、亀頭部が腹や太腿に当たり、その刺激で徐々に力を漲らせてくる。

「ほうら、すぐに大きくなった」

硬くなった肉柱を握りしごきながら、言う。

「本当は最後に言おうとしたんだけど、初めに言っておいたほうが、きみがやる気になっていいかなって。それに、わたしじつは姉妹と姉の旦那に関して、すごい秘密の情報をつかんでいるの。その秘密を上手く使えば、きっと上手くいくと思う。わたしたちこれが最後の試みになるんだから、絶対に成功させたいじゃない？　その情報は後で教えてあげる。今は孝之としたいわ」

そう言って、千春が肉棹を頰張ってきた。

（秘密って何だろう？）

すごく気になった。だが、集中して愛撫されるうちに、疑問が一時棚上げになってしまう。

千春は愛撫に集中して、ゆっくりと情熱的に唇をすべらせる。いったん吐き出し、亀頭冠の真裏をちろちろと舐めてきた。

それから、また咥えて、力強くしごいてくる。

（こんなに上手くいっているのに、二人は別れなければいけないのか？　それも、あの愛美のせいで！）

やるせなさが込みあげてきて、それが孝之をS的な感情へと追い込んだ。

孝之は立ちあがり、千春の頭部を両手で挟みつけるようにして、イラマチオす

る。すると、ギンギンの屹立が千春の口腔を犯して、

「んんん、んんんっ……！」

千春は苦しげに顔をしかめながらも、決して肉棹を吐き出そうとはしない。

（二人はいい感じで来ていたのに、なぜ……？）

孝之は心のなかで叫びながら、ずりゅっ、ずりゅっと口腔を凌辱していく。

切っ先で喉を突かれたのか、千春はえずいて、肉棹を吐き出した。苦しそうに噎せている。

「千春さん、そこに両手を突いて、お尻をこちらに突き出して」

強い口調で言う。

「わかった。孝之も逞しくなった。うれしいわ……」

千春が腰をせりだしてきた。

孝之のイチモツはさっきとは大違いで、下腹を打たんばかりにいきりたっている。

（俺は怒っている。怒ると、あそこが活気づく！）

孝之はお湯のなかで踏ん張って、猛りたつものを狭間の粘膜に押しつけた。まだ濡れが足らない粘膜を強引にこじ開けるように屹立を押し込むと、それがとて

も窮屈なところを押し広げていく感触があって、

「はうぅぅ……！」

千春が顔を撥ねあげた。

「ぁあうぅ、苦しい……」

千春がつらそうに言って、それがまた孝之の気持ちをかきたてる。

「許さないからな。俺をその気にさせておいて、いきなり突き放すなんて、勝手すぎるだろ」

気持ちを伝え、孝之は大きく腰を振って、怒張を突き刺していく。

「ぁああ、苦しい……いつもより硬くて、大きい……」

千春がつらそうに言うので、孝之はますますサディスティックな気持ちになった。

見事にくびれたウエストをつかみ寄せて、思い切り、怒張を叩き込んだ。ズン、ズン、ズンと強く突き刺すと、

「あんっ、あんっ、あんっ……ぁあああ、もう許してよ」

千春が訴えてくる。

「許さないよ。千春は俺とまた旅に出るんだ」

「無理よ、無理なのよ……」

「無理じゃない」

力強く打ち込んだ。それから、右手を振りあげて、尻たぶに向けて振りおろした。

パチーンと乾いた音が貸切風呂に響いて、

「はうぅぅぅ……！」

千春が大きくのけぞった。打ったところがたちまち赤く染まって、そこをもう一度スパンキングする。

「いやぁああ……！」

千春の悲鳴が響き、薔薇色に変色した尻たぶを眺めながら、つづけざまに屹立を打ち込む。

「あんっ、あんっ、あんっ……」

「そうら、もっとだ」

孝之が連続して屹立を叩き込んだとき、

「うはっ……！」

千春はのけぞりながら、がくがくっと震えて、お湯に身体を沈ませる。

湯船に座った千春の顔をあげさせて、無理やり勃起を咥えさせた。そのまま、顔の側面をつかみ寄せて、怒張をぐいぐいと押し込んでいく。

湯けむりが立ち昇り、そこに千春の苦しそうな顔がある。

孝之が強引にイラマチオするたびに、お湯の表面が波立って揺れる。

（ああ、俺は今、無茶なことをしている！）

しかし、強制的にフェラチオさせていると、いつも以上の昂奮がやってきた。

千春は抵抗もせずに、されるがままになっている。

柔らかな唇と湿った口腔に、イチモツを擦りつけながら抜き差しすると、さしせまった快感が急激に上昇した。

「ああ、千春さん、出すよ。呑め、俺のザーメンを呑むんだ。おおおぉぉ！」

吼えながら激しく抜き差ししたとき、熱いものが先っぽから放たれて、すごい勢いで流出したミルクを、千春はこくっ、こくっと喉音を立てて呑んでくれた。

2

さっきから、ストライプの粋な着物を着た女将の美奈子と千春が長時間、ひそひそと話し込んでいる。

そんな二人を、つづきの間で眠っているはずの孝之は、襖の隙間から覗いていた。

三十九歳の女将の石川美奈子は和服美人で、結婚しているこの淑やかななかにも凛々《りり》しい人妻が、じつはレズビアンであるなどとは誰も思いもつかないだろう。

孝之もそうだった。

貸切風呂でのセックスの後、千春は美奈子と佳奈、そして、美奈子の夫の友彦《ともひこ》の秘密を話してくれた。にわかには信じがたいものだった。

支配人の友彦と女将の美奈子は結婚しているのだが、じつはそれは偽装結婚で、二人には性交渉がない。なぜなら、美奈子は純粋なレズビアンであり、男性とのセックスができないらしいのだ。

では、友彦の性生活はどうなっているのかと言うと、じつは、妹の佳奈と関係を持っていて、そのことを美奈子は許しているのだと言う。

そのとんでもない話を聞かされたとき、孝之は絶対作り話だと思った。

だが、事実であるらしいのだ。

美奈子の現在の恋人の女性の友人と、千春の友人が知り合いで、千春はその話をその友人から聞いた。いろいろと調べると、実際に美奈子がレズだというのはその業界では有名な話らしい。それに、姉妹の関係がぎくしゃくしているのも、佳奈が支配人であり、女将の夫である友彦と実際に性交渉を持っていることが、いびつな関係の原因らしい。

千春は現在、その件を持ち出して、女将の美奈子を口説き落としているところだ。半ば脅しと言っていい。しかし、千春も美奈子もレズビアンだから、最終的には二人は関係を持つのではないか？

薄く開いた襖から覗いていると、美奈子が立ちあがって、帯を解きはじめた。シュルシュルと衣擦れの音を立てて、帯を外し、着物を肩からすべり落とした。燃え立つ炎のように赤い緋襦袢に包まれた美奈子が、静かにこちらを向いた。

（何て、艶っぽいんだ……！）

いかにも日本女性という淑やかさをたたえていながらも、顔立ちには強い意志力が感じられる。

それでも、目尻の伸びたアーモンド形の目や、肉厚で赤い唇の濡れ具合は『魔性の女』と呼びたくなるような艶やかさをたたえていた。

美奈子は結っていた髪を解いて、長い黒髪をかきあげる。

（自分で脱いだってことは、レズを受け入れたってことだな）

これから起こることに、期待してしまう。

孝之は知り合った旅の友人の部屋に行っていて、しばらくは帰らないことになっている。つまり、二人がレズプレイをするために連れの男を追い出したという状況である。だから、孝之は静かにしていなければいけない。

息を凝らして覗いていると、布団に仰向けに寝た美奈子に、浴衣姿になった千春が覆いかぶさるように、キスをはじめた。

唇へのやさしいキスが徐々に情熱的なものになり、千春は緋襦袢の胸のふくらみを揉みしだく。

おそらく美奈子は、千春が三人の関係を公にしないことの口止め料として、レズビアンを受け入れたのだろう。

千春は長い間、キスをつづけながら、手をおろしていき、緋襦袢の裾を割った。

隙間から覗く孝之は、二人の姿をほぼ真横から眺めることができた。

緋襦袢が割れて、仄白い太腿があらわになり、そこに千春の手がすべり込んでいき、

「あんっ……」

美奈子がびくっとして、太腿をよじり合わせた。

いさいかまわず、千春は執拗にキスをしながら、太腿の奥をまさぐっている。

やがて、美奈子のむっちりとした足が左右に開き、白足袋に包まれた爪先がぐっと反り返り、反対によじり込まれた。

「んんん、んんん……」

美奈子はくぐもった声を洩らしていたが、自らキスをやめて、

「ぁああうぅぅ……やめて……もう、やめて……」

顔を左右に振って、訴える。

「やめてと言う割には、ここがぬるぬるなんだけどな。美奈子のオマ×コはいやでも、濡れるのかい？」

千春が男言葉でからかう。男言葉をつかう千春にも、倒錯したエロチシズムを感じてしまう。

恥ずかしそうに押し黙る美奈子のまたぐらを、千春はやさしく撫でながら、左手で長襦袢の腰紐を解き、紐を抜き取った。

それから、白い半衿のついた真っ赤な長襦袢の前をはだけると、とんでもなく大きな乳房がまろびでてきた。

「……見ないでください」

そう言って、美奈子が両手で胸を隠す。千春はその手をつかんで、開かせ、押さえつける。孝之にも、たわわな乳房と頂上の赤い二つの乳首が見えた。

Ｆカップはゆうにあるだろう豊かなふくらみが隆起して、これが着物の内側に隠されていたのが不思議でしょうがない。

「羨ましいわ。わたしの胸の二倍はありそう。男の人はきっと大喜びするわね。もったいないわ……わたしがたっぷりとかわいがってあげる」

千春は乳房にしゃぶりついて、乳首を舌で愛撫しながら、手でもふくらみを揉みしだく。

「ぁああ、やめて……本当に、もう、やめて……やめ……はうぅぅ！」

美奈子の言葉が途中から喘ぎに変わった。

千春が乳首を舐めしゃぶり、吸いながら、肩や二の腕、脇腹や太腿までも撫でさすっているのだ。

（そうか、こうすれば、女性は感じるんだな）

千春の右手が下腹部の翳りに伸びて、そこをさすっている。そうしながら、乳首を舐めまわしているのだ。

千春はひたすらその愛撫を丹念に繰り返す。

すると、途中から美奈子の様子が明らかに変わってきた。

「ぁあああ、あああうぅぅ……」

と、低く喘ぎ、ひろがっていた白足袋に包まれた足の片方がシーツを擦り、内側によじり込まれる。

長い黒髪が扇状にひろがって、長襦袢をはだけて色白の裸身をくねらせる、その艶かしい姿が孝之の股間を直撃し、分身が激しく嘶《いなな》いて、浴衣の前を押しあげている。

孝之は我慢できなくなって、浴衣の前をはだけ、いきりたっているものを握った。

狭い隙間から部屋のなかを覗きながら、物音だけは立てないように、ゆっくりとしごく。

ひと擦りするごとに、脳天が蕩けるような快感がうねりあがってきた。

数メートル向こうの布団の上では、千春が美奈子の足の間にしゃがみ、膝を持ちあげて開かせている。すぐに、顔が近づいていき、翳りの底を舐めているようだった。

そして、クンニをつづけられると、美奈子の様子がどんどん逼迫してきた。

「ぁあああ、あああああぅ……お願い。もう、よしてください……」

「心にもないことを……本当はもっと舐めてほしいんでしょ？　それとも、指をつかってほしい？　どっちがいいの？」

「ぁああ、指も、指をつかってください」

「女将は丁寧語でスケベなことを言うから、余計にいやらしいんだわ」

そう言って、千春は浴衣の裾をまくりあげた。なかには下着をつけておらず、真っ白なヒップがこぼれでる。

千春は孝之が覗き見していることに気づいていて、エッチな格好をしてくれているのだろう。

尻まくりをした状態でぐっとしゃがみ、美奈子の太腿の間に指先を伸ばして、いじりはじめた。

「ぁああ、あっ……あっ……ぁああうぅぅ！」

美奈子が大きくのけぞった。

「美奈子のオマ×マンに、中指と人差し指が二本一緒に入ってしまった。ぐちょぐちょ、ぬるぬるだからね、添えただけで吸い込まれてしまった。スケベなオマ

×コだね。男はダメだと言うから、ここも挿入されるのはいやなのかと思っていたわ。そうでもないみたいね。ペニスはいやなの？」

「はい……ペニスはダメなんです」

「不思議ね。過去に何かあった？」

「……いえ」

美奈子はそう答えたが、どこか肯定しているようなところがあった。おそらく過去に男に凌辱同様に犯されたとか、そういう負の記憶があるのだろう。

「旦那さんとはまったくしないの？」

「……しません。結婚前には、数度しました。それを最後にしていません」

「それで、申し訳ないから、旦那さんには妹を差し出しているわけ？」

「……そうではないの。あれは二人が勝手に不倫をしたのよ。二人でわたしを裏切った……でも、わたしは敢えてそれを責めなかった」

「そうよね。責められないものね……でも、偽装結婚は正解だと思うわ。一部を除いて、お客さんは騙せているもの……ぁあああ、あなたのビラビラはとても大きくて、いやらしいのね。これをペニスにからみつかせたら、大悦びされるのにぃ……ぁああ、いやらしい香りがする。なかから、どんどん蜜があふれてくる。ほうら、ネチャネチャとエッチな音がする」

そう言って、千春は指を抜き差しする。

チャッ、チャッ、チャッ……。

淫靡な音がして、

「ぁああ、ああああ……ダメっ……もう、もう、いけません。ぁあああ、はうぅぅぅぅぅ」

美奈子がブリッジするみたいに下半身を持ちあげた。

「イキかけてるじゃないの。あなた、ちゃんと膣でイケるんじゃないの？」

「無理です。怖いんです」

「じつは、わたしの恋人がそこにいるの。呼ぶわね」

千春が言って、

「孝之、来て」

こうなったら、出ていくしかないだろう。

3

孝之は襖を開けて、室内に入っていく。

「あっ……」

逃れようとする美奈子を、千春が引き止めた。

「大丈夫よ。孝之はやさしいから。わたしがついているわ。怖いことは何もないの。美奈子さんは男でも全然イケる。バイセクシャルになったほうが、ずっと愉しく生きていけるわよ。わたしを信じて……孝之、ここに」

千春の代わりに、孝之が美奈子の足の間にしゃがんだ。

浴衣を脱ぐと、ギンとした肉柱がそそりたっている。

それを見て、美奈子が目をぎゅっと瞑った。

「いやよ、怖いの……」

「大丈夫、孝之は上手いから。痛くはないから、安心して。孝之……！」

千春にせかされて、孝之は分身を慎重に打ち込もうとする。

「ぁあうぅ……無理です。無理……」

「無理じゃない。さっき、指二本が簡単に入った。あなたは感じていた。もっと欲しいって。だから、平気なの。何があったのかしらないけど、孝之は大丈夫だから。とにかく、やさしいから。乱暴なことは一切しないわよ」

千春が説得しながら、髪を撫で、巨乳を揉みしだく。

徐々に抵抗がやむのを待って、孝之はもう一度、打ち込んでいく。少しずつ力を込めると、切っ先がとても窮屈な粘膜の道を押し広げていく確かな感触があって、

「はうぅぅぅ……！　ぁあああああ……」

美奈子が大きくのけぞって、シーツを鷲づかみにした。

孝之は足を放して、覆いかぶさっていく。

「大丈夫ですよ。ああ、すごく気持ちがいい。美奈子さんのあそこが締めつけてくる。ああ、たまらない……吸いついてくる。なかへと引きずり込まれそうだ」

そう言って、孝之は美奈子をやさしく抱きしめる。

「どう、大丈夫でしょ？」

千春に訊かれて、

「はい……はい……でも、キツいの」

「大丈夫ですよ。ピストンはしませんから。そうだ、何だったら、上になってみますか？　それなら、安心して動けるでしょ？」

孝之が提案すると、美奈子は少し考えてから、うなずいた。

いったん結合を外して、孝之は仰向けに寝ころぶ。すると、緋色の長襦袢をはおった美奈子が、向かい合う形でまたがってきた。それから、千春を見た。

「わたし、女上位をしたことがないから、どうしたらいいのかわからないわ」

「大丈夫。わたしが教えてあげる。まずは孝之のおチ×チンを……」

と、千春が孝之の勃起をつかんだ。

「わたしが逃げないように支えているから、美奈子さんは腰を落として、これをなかに入れて。大丈夫。わたしがしっかりと支えているから……」

うなずいて、美奈子が腰を沈めてきた。

勃起を受け入れて、その位置や角度を調節し、ここだという地点を見いだして、慎重に腰を落とす。

孝之の分身が嵌まり込む寸前に千春が手を外し、屹立が美奈子の体内に沈み込んでいく。

とても窮屈だが、さっきよりはゆとりが感じられる。

その分、楽になったのか、

「ぁあああ……入ってきた」

美奈子が言って、上体をまっすぐに立てた。

「ぁああ、深く来てる……自分の重さで、あれが自然に奥まで入ってくる」

「そうよ。そういうものなの。もし、奥がキツいのなら、少し腰を浮かせて、深さを加減すればいいの。それが、騎乗位の利点だから。美奈子さんもやってみて……好きなように動かせばいいの。自分の感じる形ですればいいのよ。正解はないんだから」

「はい……はい……ぁあああ、これが気持ちいい……これで、大丈夫？」

美奈子が訊いてくるので、

「ええ、全然大丈夫です。すごく気持ちがいいです。なかで、チ×コが揉み抜かれている。ぁあああ、気持ちいい……上手ですよ。すごく上手だ」

孝之は美奈子を褒める。

「ぁあああ、これ、本当に気持ちいいの。当たってる。感じるところに当たってるのよ」

美奈子は両膝をぺたんとシーツについて、腰を前後に打ち振っている。

すると、よく締まる膣によって、分身が摩擦を受け、さらに、根元から前後に打ち振られる。その摩擦感がひどく具合がいい。

「ぁああ、恥ずかしいわ。腰がひとりでに動くのよ。わたし、こんな淫らな女じゃないのよ、本当は」

美奈子が言い、

「美奈子さんは男性相手でも、普通に感じるじゃないですか。きっと、今までそう思い込んでいただけなんですよ」

「でも、わたし、こんなになったのは初めてなのよ」

「それはきっと、最初に千春さんとして、身体がそういう状態までアップしていたからですよ」

「そうかしら？」

「そうです。そのうちに、女性なしでも感じるようになりますよ、きっと……ぁああ、気持ちいい……」

孝之が言うと、美奈子は自信を持ったのだろう、両手を後ろに突いて、のけぞるように膝を開いた。

そして、腰をくいっ、くいっとシャープに前後に揺すり立てる。

「ああ、すごい。オマ×コが締めつけてくる。たまらない……」

孝之が快感を伝えると、美奈子はますます激しく腰を前後に振る。

ついには、自分でも、

「ぁあああ……あああ……気持ちいい。蕩けていくわ……ぁああ、気が遠くなる」

そう言って、顔をのけぞらせる。

その姿を下から見あげる孝之も、その官能的な光景に頭のなかは沸騰し、分身はますますいきりたつ。

じつはレズビアンだった美人女将が今は、自分の勃起を体内におさめて、恥ずかしげもなく腰を振って、気持ち良さそうな声をあげている。

後ろに垂れた長い黒髪、優美な顔が今は女の悦びにゆがんでいる。そして、巨乳は揺れ、濃い翳りの底に蜜まみれの肉柱が出入りしているさまが、目に飛び込んでくる。

「美奈子さん、気持ちいいのね？」

「はい……初めて。初めてです……」

「ぁああ、素晴らしいわ。わたしにも参加させて」

千春が、孝之の足をまたぐようにして美奈子の後ろに立ち、腰を屈めて、乳房を揉みはじめた。

美奈子は自ら腰を振りながら、乳房を後ろから女性に揉みしだかれ、乳首をくりくりと捏ねられる。

と、いっそう快感が増したのだろう。

「ぁああ、気持ちいい……へんよ、へんなの……どんどん増してくる。ぁあああ、訳がわからなくなっている。へんなの、へんなのよ……ぁああああ」

美奈子が嬌声をあげる。

「ひょっとして、もうイキかけてる？」

「そうかもしれないわ。わからないの。ペニスでイクのは初めてだから、よくわからない……ぁあああ、イクかもしれない。イクんだわ。わたし、イクんだわ……ぁあああ、あああああ、止まらない！」

美奈子は激しく腰を振った。あまりに大きく振ったせいで、ちゅるっと肉棹が抜けて、結合が外れる。

「ぁあああ、逃げないで」

美奈子は猛りたつ孝之のイチモツを自ら導いて、体内に招き入れた。

今度は膝を立てて開き、上下に腰をつかい、奥まで受け止めたところで、ぐりぐりと前後に揺する。

そして、その間も、後ろから千春に乳房を揉まれ、乳首を捏ねられている。

美奈子は大きく飛び跳ねて、

「あんっ、あんっ、あんっ……あんっ、あんっ、ぁあああんん……」

艶かしい女の声を噴きあげた。

「ぁああああ、イキそう……イカせてください。突きあげて……思い切り、突きあげて！」

期待に応えようと、孝之がぐい、ぐい、ぐいっと膣に肉柱を打ち据えたとき、

「あんっ、あんっ、あんっ……ぁあああ、イクんだわ。わたし、イクんだわ……イク、イク、イクぅ……やぁああああ、はうっ……！」

美奈子は大きくのけぞった。それから、震えながら前に突っ伏してくる。

イッたのだ。美奈子は初めて男相手に昇りつめたのだ。

4

そのとき、コンコンとドアを叩く音がして、

「すみません。佳奈ですが、姉はいるでしょうか？」

佳奈の声が聞こえた。

ハッとして見ると、千春が言った。

「孝之が出て、佳奈さんをなかに入れないようにして。もう少し、美奈子さんと愉しみたいから。ゴメン、やり方は任せるから」

孝之はうなずいて、

「はい……今、出ます」

佳奈に答えて、自分は浴衣をととのえ、袢纏をはおる。

ドアを開けると、浴衣に袢纏をはおった佳奈が佇んでいた。

「あの、姉は……？」

「ああ、ちょっと前までいらっしゃいましたが、出て行かれましたよ。そうだ。こんな時間に何ですが、外の足湯に行きたいんですが、もしよろしかったら、一

緒に行っていただけないでしょうか?」

とっさに言う。

「道を歩いていけば、休憩所の前で湯けむりがあがっていますよ」

「俺、すごい方向音痴なんで、ひとりだと帰ってこられない可能性があるんで。それに……せっかくですから、若女将といろいろと話したいなと……」

「いろいろと言うと?」

佳奈がかわいく首を傾げた。

「いろいろです。たとえば、支配人が本当は誰と夜を過ごしているかとか、です」

言うと、佳奈がハッと息を呑むのがわかった。

「……そうですか。では、ご一緒させてください」

佳奈が言う。

二人は外出時の防寒用に玄関に用意してある厚めのダウンコートを着て、外に出た。

夜の銀山温泉は道端や旅館の屋根にも分厚く雪が積もり、銀山川のいたるところが雪で白くなっている。紅色の橋の欄干や街並みがガス灯でぼんやりと照らされて、まさに大正時代はこうであったかのようなロマンを感じさせる。

　こういう雪景色のなかを、美しい若女将と歩いていると、それだけで舞いあがってしまう。

「もう少し歩けば、足湯ですから」

　佳奈が言う。

「で、さっきおっしゃっていた件ですが、支配人が夜を誰と過ごすかとか……姉と一緒に決まっています。どうしてそんなことを……？」

「時々、佳奈さんと過ごすんでしょ？」

　言うと、佳奈が立ち止まって、じっと孝之を見た。

「……それは、あの……」

「否定しても、意味はないです。お姉さんが、レズだっていうことも知っています」

　きっぱりと言うと、佳奈の表情が凍りついた。

「俺たちは知っているんです。お姉さんと支配人が結果的に偽装結婚で、レズの姉は、自分の夫が妹と時々一夜を過ごすことを、知っている。知っていて、黙認していることも……じつは、さっきお姉さんは、部屋で俺のパートナーとレズっていました。脅されて、そうせざるを得なかったんです。三人のおぞましい関係をばらされたくなかったら、言うことを聞きなさいと……じつは、俺のパートナーの千春もレズなんです。正確に言えば、バイセクシャルですけど……ああ、着きましたね。ここですね、足湯は」

川のほとりに、三カ所に分かれた足湯が掘ってあって、湯けむりを立てていた。この時間は寒さがこたえるからだろう、さすがに客は二人以外いなかった。その一番広い足湯に孝之はつかる準備をしながら、言った。

「あの、佳奈さんは正面に座って、足湯につかってください」

「正面ですか？」

「はい……」

佳奈が川沿いの平たい台に腰をおろして、草履と足袋を脱ぎ、ダウンと浴衣の前を濡れないようにまくりあげて、お湯に足をつける。

透明なお湯は膝近くまであって、黒髪をアップにし、浴衣に厚手の赤い女子用ダウンコートを着た佳奈は、本当に愛らしかった。

「温まりますね」

「そうですね。足湯は外が寒くても、ぽかぽかしてくるから不思議です」

「あの……俺に向かって、足を開いてくれませんか？」

いきなり言うと、佳奈が困った顔をした。

「それはあの……脅しも入っているんですか？　言うことを聞かないと、あの件をバラすという」

「そうです……でも乱暴なことはしません。それはお約束します」

佳奈は周囲を見まわして、こちらを見ている者がいないことを確かめる。それから、まくりあげていたコートと浴衣の裾をさらに上に引きあげた。

すると、ガス灯に仄白い左右の太腿が浮かびあがり、孝之の視線はその一点に向けられる。

膝を少し開いたところで、佳奈は無理とばかりに顔を左右に振った。

「やるんです」

孝之は静かに言う。

佳奈の膝が少しずつひろがっていった。

左右の太腿の内側の白さが目を引く。だが、影でそれ以上は見えない。

「もう少し大きく開いてください……」

「無理です」

「無理じゃない。さっとやったほうが楽になります。思い切って、極限まで開いてください」

「でも、わたし、浴衣の下に下着をつけていないんです」

「いつもそうなんですか？」

「はい……浴衣の下にはパンティは穿きません」

「性格がエッチなんですね。今なら、大丈夫です。迷っていると、逆に人前ですることになりますよ。早く、思い切って！」

強く言うと、佳奈は顔をそむけながら、大きく足を開いた。

浴衣の前が完全にはだけて、白い太腿の内側と漆黒の翳りがガス灯に浮かびあがった。

あさましいほどに鈍角に開いた左右の太腿の中心に、黒々とした繊毛に包まれた唇を縦にしたような女の証が見える。

「もう、いいですか？」

佳奈がぶるぶる太腿を震わせながら、哀願してくる。

「ダメです。ゆ、指で開いてください」

「いやです。できない……」

「今なら、できます。早く！」

叱咤すると、佳奈はここはやるしかないと感じたのだろう、おずおずと右手をおろし、人差し指と中指を添えて、ぐっと開いた。

V字にひろがって指の間に、ぬらりと光る赤い粘膜がのぞいて、

「い、いやっ……！」

佳奈が太腿をよじり合わせた。

「やり直しですね。もう一度……今回は足とあそこをもっと開いて」

孝之は強く言う。こういうことを命じながら、昂っている自分が自分ではないようだ。

「早く！」

叱咤すると、佳奈はふたたび足を大きくひろげ、指をV字にひろげた。赤い粘膜がガス灯を反射して、妖しく光る。

羞恥に苛まれてうつむく若女将の向こうには銀山川が流れ、対岸には鏝絵《こてえ》が張り付けられた、雪が積もってところどころ白くなった多層建築がぼんやりとした明かりに浮かびあがっている。

「も、もう、いいですか？」

「ええ……冷えてきましたね。そろそろ宿に帰りましょう。ゴメンね、無理なことをさせて」

「いえ……」

佳奈が立ちあがり、浴衣の前をととのえ、白足袋と草履を履いた。

旅館に戻り、今は人影のない上がり框で言った。

「若女将の部屋に行きましょう」

「……それは、ちょっと……」

「佳奈さんはノーと言える立場ではないと思います。それとも、部屋には支配人がいらっしゃるとか？」

「いえ、いません」

「だったら……大丈夫です。思いを遂げることができたら、俺は例の件を絶対に口外しません。それは約束します。一度でいいんです」

食い下がった。すると、佳奈はその押しに負けたのか、

「わかりました。ついてきてください」

佳奈がすたすたと歩きはじめて、孝之はその後をついていく。

5

旅館から延びた通路を歩いていくと、裏手に木造の古い一軒家があり、そこに、石川家の家族、すなわち姉妹と支配人である、姉の夫が住んでいるらしい。

支配人は今夜は幸いにも、旅館組合の会合があって、夜中まで帰ってこないと言う。

家にはまったく人けがないから、美奈子はいまだ千春との濃厚なレズビアン・セックスに溺れているのだろう。レズプレイは射精という行為がないから、長引くと聞いたことがある。

佳奈は身体が冷えてしまったので、内風呂に入りたいと言う。孝之もそれを認め、佳奈が出た後に内風呂につかり、またいまだペニスに付着している美奈子の愛蜜を洗った。

温まったところで部屋に行くと、部屋は暖房され、和室に一組の布団が敷いてあった。その上に、佳奈が反対を向いて横臥している。

寝間着代わりの花柄の新しい浴衣を着ていた。

「失礼します」

孝之は浴衣を脱ぎ、佳奈の背中側に体をすべり込ませた。

後ろから抱きしめていると、佳奈がこちらに向き直って、胸板に顔を埋めてきた。

なぜだろう、初めて抱くのに、初めてという気がしない。

それを佳奈も感じてくれたのだろうか、じっとして、顔を寄せつづけている。

孝之は浴衣越しに背中を撫でる。

本当は、姉に黙認されながらも、支配人と情事を重ねることを、どう感じているのか？　いろいろと訊きたいことはあった。だが、それを問い質して、佳奈を苦しめることは憚《はばか》られた。

その代わりに、柔らかな髪を撫で、背中をさすっていると、佳奈が自ら言った。

「わたしのこと、最悪の女だと思っているでしょ？　姉の主人を寝取っているみたいな。でも、そうじゃないのよ。これは、支配人に『姉がレズで寝てくれない。俺は騙された。姉の犯した罪の償いを妹がするのは当然だろ？　もしノーと言ったら、そのときは、俺は離婚して、美奈子がじつはレズだったということをバラす。それをされたくなかったら、抱かれろ』と、そう言われて、断れなかったんです」

佳奈は胸板に顔を埋めてくる。

事実かどうか客観的な判断はできない。しかし、孝之は佳奈の言葉にウソはないと感じた。

「可哀相に……」

もしそれが事実ならば、孝之は被害者を鞭打つようなことをしている。

「……俺が間違っていました。いやなら、俺なんかとしなくてもかまいませんよ」

「不思議なんだけど、こうしていると、すごく気持ちが安らぐのよ」

そう言って、佳奈は胸板にちゅっ、ちゅっとキスをする。

湿った唇が胸板に吸いつくと、孝之のイチモツがもりもりと力を漲らせて、いきりたってきた。

「支配人とのセックスはただただつらいの。姉の視線を感じるし……心が休まるときがないの。こんな気持ちになったのは、ひさしぶりです。それに、野口さんのここ、あっと言う間に硬くなった」

佳奈の手がおりていって、股間のものの具合を確かめるように触れてきた。それが鋭角にそそりたっているのが完全にわかったのだろう。

茎胴を握って、ゆっくりとしごきながら、胸板の乳首をちろちろと舐める。

孝之が仰向けに寝ると、佳奈は覆いかぶさるようにして、乳首を舐め、同時に肉柱を握りしごいてくれる。

それから、浴衣の腰紐を解いて、浴衣をはおった状態で、這うようにして乳房を孝之の口許に押しつけてきた。

やはり、姉妹は似るのだろうか、乳房は巨乳と呼ぶに相応しいほどたわわで、張りつめ、薄いピンクの小さな乳輪と乳首が清新だった。

下になった孝之は、唇に触れている乳首にそっと唇をかぶせた。内側に巻き込んで、吸いながら舌をからめていく。

柔らかかった乳首が途端に硬くしこってきて、

「ぁあああ、ああうぅぅ……」

佳奈はくぐもった声を洩らしながらも、四つん這いになって、乳房を押しつけつづける。

孝之は左右の乳房をつかみ、やわやわと揉みしだきながら、片方の乳首を舐め転がした。

すると、乳首はますますカチンカチンになって、存在感を増し、

「んんっ……んんんっ……ぁあああ、いい……気持ちいい。気持ちいいの」

佳奈は声を潜めて喘ぎ、もどかしそうに腰をくねらせはじめた。

孝之はもう片方の乳首も舐め転がし、吸う。そうしながら、たわわすぎるオッパイを揉みしだく。

すると、佳奈は胸を離して、身体を下へとずらしていき、陰毛を突いてそそりたっている肉柱にちゅっ、ちゅっと愛らしくキスをする。

前のはだけた花柄の浴衣から、デカパイが垂れて、その二つのふくらみの前に、自分の勃起がいきりたっていた。

佳奈は肉棹をつかんで、腹部に押しつけ、あらわになった裏筋にキスをおろしていく。根元から今度は舐めあげてくる。

唾液のたっぷりと載った舌が肉柱にからみつきながら、すべりあがってきて、そのなめらかな感触が孝之を恍惚とさせる。

縦運動を何度も繰り返してから、佳奈は顔を横向けて、亀頭冠に沿って舐めまわした。それから、顔を立てて、亀頭冠の真裏をちろちろと舌でくすぐってくる。とても上手だった。おそらく、フェラチオで男を愉しませることで、自分も悦

びを感じるタイプだ。

孝之にも最近はそういう女性のタイプのようなものがわかってきた。

今は、姉の夫である支配人と逢引きを重ねるという背徳的な行為にとらわれているが、普通に男性を好きになって、結婚したら、きっと幸せな家庭を築く女性に違いない。

佳奈が上から頬張ってきた。

唇をかぶせて、ゆっくりと大きくストロークをする。ねっとりとからみつく舌が裏筋を擦ってくる。

「ぁああ、気持ちいい……」

思わず言うと、それで佳奈はいっそう情熱的になって、なおかつ献身的に口唇愛撫をする。

「んっ、んっ、んっ……」

短いリズムで亀頭冠を中心に素早く唇を往復させる。すると、ジーンとした痺れるような快感がうねりあがってきて、孝之も陶然となってしまう。

「ああ、ダメだ。出てしまうよ」

ぎりぎりで訴えると、佳奈はちゅるっと肉棹を吐き出して、孝之の下半身をまたいだ。

そそりたつ肉柱をつかんで、蹲踞の姿勢になって、亀頭部を沼地に擦りつける。自分も腰を振りながら、「ぁあああ、気持ちいい」と喘ぐように言う。

それから、腰を沈めてきた。

勃起が熱く滾った肉路に嵌まり込んでいき、

「ぁあああ……」

哀切な声を洩らして、顔をのけぞらせた。

(さすがに、狭いな。姉さんとは感触が違う。きつきつで、締めつけてくる)

女性が上になった状態でそれを感じるのだから、正常位で嵌めたら、きっともっと狭隘《きょうあい》に感じることだろう。

佳奈は両膝をぺたんとシーツについたまま、腰を前後に揺すりながら、さらに膣で勃起を締めつけてくる。

そうなると、ますます分身はカチンカチンになり、佳奈が腰を使うごとに、粘膜との摩擦がたまらなくなった。

佳奈は膝を立てて、前屈みになった。そして、腰をゆっくりと、大きく上げ下げする。

　スクワットするように腰をつかわれて、物理的な快感以上に、人気の若女将が自分の上で欲望をあらわにして腰をつかうさまに、精神的な悦びを感じた。

「あんっ、あんっ、あんっ……」

　佳奈はここがどこであるかも頭から消えていったのだろう、甲高い声を放って、腰を落とし込んでくる。

　乳房が揺れて、下腹部がぶつかるパチン、パチンという音がする。

　孝之は佳奈の腰が降りてくる瞬間を見計らって、ぐいと下腹部をせりあげる。すると、勃起が落ちてくる膣の奥を突いて、

「あはっ……！」

　佳奈は大きくのけぞる。

　だが、腰は動きつづけて、自分から腰を落としてくる。そこで、孝之はまた突きあげる。

　なかで亀頭部と子宮口がぶつかって、

「ぁああっ……！」

　佳奈は大きく顎をせりあげて、

「動かないで……突きあげないで……」

哀願してくる。

そう言われると、突きあげたくなる。

孝之は無視して、つづけざまに腰を撥ねあげてやる。もう、佳奈は自分から動けなくなっていた。

「あっ、あっ、ああん……いやいや……ダメ、ダメ、ダメっ……はうっ！」

佳奈がいきなり前に倒れてきた。

突っ伏してきた佳奈の背中と腰を抱き寄せて、孝之は下から突きあげる。すると、勃起が斜め上方に向かって、膣を擦りあげていき、

「あん、あん、あんっ……」

佳奈は短く喘ぎをスタッカートさせて、ぎゅっとしがみついてきた。たわわな乳房が、孝之の胸に触れて柔らかく弾む。孝之の顔の上で、

「あん、あん、あんっ……」

佳奈は喘ぎつづけた。

「ぁあああ、イッちゃう。野口さん、わたし、イッちゃう」

耳元で佳奈が訴えてくる。

「いいよ、イッても……イクんだ」

孝之はおそらくまだ射精しない。それよりも、佳奈をイカせたい。

ぎゅっと抱きしめて安心させて、さらに強く突きあげる。

佳奈はもうしがみついていられなくなり、顔と上体をのけぞらせ、

「ぁああ、イク、イク、イッちゃう……イッていいですか？」

許可を求めてくる。

「いいよ。イッていいよ」

そう囁いて、ぐいぐいぐいっとえぐりたてたとき、

「あん、あん、あん……イキます……いやぁあああぁぁぁぁぁ、はうっ！」

佳奈は大きくのけぞって、顔を撥ねあげる。

それから、がくん、がくん震えて、やがて、何かが切れたかのように抱きついてくる。

孝之は痙攣する身体を抱きしめていた。

だが、自分はまだ放っていない。まだ、これからだ。

ぐったりとした佳奈を仰向けに寝かせて、今度は自分が上になる。

両膝をすくいあげて、蜜まみれの肉柱を赤い粘膜をのぞかせる膣口に埋め込んでいく。ギンギンのイチモツがよく練れた肉路をこじ開けていき、

「ぁあああ、また……！」

佳奈が顔をのけぞらせる。

さっきより、粘膜がまったりと柔らかくからみついてくる。昇りつめると、女性の膣は力が抜けて、粘着力が強くなるような気がする。

波打っている粘膜を擦りあげると、

「ぁあああ、あああ……へんなの。また、気持ち良くなってきた」

佳奈が見あげてくる。そのつぶらな瞳が今はうっすらと涙ぐんだように潤んでいる。

孝之が今度は自分も射精しようと打ち込みをはじめたとき、いきなり、ドアが開いた。ハッとして見ると、そこには千春と美奈子が佇んでいた。

あっと思って、結合を外そうとしたとき、

「いいのよ。そのまま、つづけなさい」

姉の美奈子が言って、近づいてきた。

「わたし、今、千春さんとレズっていたの。だから、佳奈もいいのよ、野口さんとして」

美奈子が言い、

「そうよ。わたしたちもあなたたちのいやらしい喘ぎ声を聞いていたら、またしたくなった。ここで、四人でしましょ。支配人は今夜は朝まで呑んでいるみたいだから……」

千春が恐ろしいことを言って、しゃがみ、佳奈の乳房を揉みながら、唇を奪った。

「んんんっ……！」

佳奈が突き放そうとした。孝之は膝裏をがっちりとホールドし、勃起を打ち込んでいく。

ズン、ズンッ、ズンッと力強くえぐりたてると、佳奈の抵抗がやみ、キスされるままになった。

千春の巧妙なキスがつづき、佳奈はさらに、乳首を舐められる。それを見ながら、孝之が強く打ち込むと、

「ぁあああ、いやいや……ぁあうぅぅ……」

佳奈は顔をのけぞらせて、シーツを鷲づかみにした。

「それでいいのよ。イッていいのよ、さっきみたいに。孝之にイカせてもらいなさい」

千春はそう言って、佳奈から離れた。

その間に、美奈子が敷いたもう一組の布団に、千春は美奈子ともつれるように横になって、二人はお互いの浴衣をはだけて、乳房や股間をまさぐりはじめた。

美しい二匹の白蛇のからみあう姿を見ながら、孝之は猛りたつものを打ち込んでいく。

「ぁああ、あんっ、あんっ、あんっ……いやいや、またイッちゃう！」

佳奈が首を左右に振り、昇りつめようとする。

孝之は、いっそう力強いストロークを浴びせる。深く突きながら、徐々に強くストロークしたとき、

「ぁああ、イキます……イクぅ……！」

佳奈が大きく顔をのけぞらせ、孝之も熱い男液をしこたましぶかせていた。

6

翌朝、朝食を摂ってから、孝之は部屋で今後のことを話していた。

千春はもう一泊する。客室は空いていないから、家のほうに停めてもらうらし

い。美奈子が放してくれないのだと言う。仕方がないので、もう一泊、美奈子の部屋に泊まることにしたと言う。

東京で美容専門学校に通っている愛美を説得するのに、大変だったらしい。

「もう少しで、こちらに乗り込んできそうだったわ。言ったでしょ？　顔に似合わず、すごく嫉妬深いって」

そう千春は苦笑した。

「孝之はどうするの？」

訊かれて、孝之はきっぱりと答えていた。

「帰ります。明日からは大学の授業に出なくちゃいけないし、バイトも入っていますから」

千春は目を細めて、言った。

「ゴメンね。こんな別れ方になって……」

「いいんです。俺、今まで千春さんに頼りすぎていたんです。これからは、ひとりで〝女将狩り〟ができるように、自立します」

「その意気よ。大丈夫、孝之ならできるわ」

千春は近づいてきて、顔を両手で挟むようにし、キスをしてくる。舌を入れて、情熱的なディープキスをしながら、右手をおろしていって、浴衣の前をさすってきた。

孝之は猛烈にフェラチオしてもらいたくなったが、それをぐっとこらえた。これからは、千春なしで女将を狩るのだ。いつまでも千春に甘えてばかりいては自立できない。

孝之は腰を引いて、その手を外し、

「そろそろ、荷物をまとめないと。十時に旅館発のバスに乗るから」

敢然と言った。

「ふふっ、成長したわね。荷物をまとめるのを手伝ってあげる」

「いや、いいです。自分でできますから」

そう言って、孝之は下着などをまとめ、ケータイの充電器もバッグに入れた。

午前十時に旅館街の駐車場を出たマイクロバスは、新幹線の駅に向かって走る。除雪された道路を慎重に駅に向かって走る。小型バスには、五人ほどの乗客が座っている。

真っ白な雪をたたえた連山を遠くに眺めながら、ぼんやりと考えていた。

千春さんにはあんなことを言ってしまったが、自分ごときに本当に女将を抱くことなんてできるんだろうか……？　いや、待てよ。自分は白骨温泉で、仲居と女将を落とした。ラッキーが積み重なったとはいえ、実際にできた。

だから、これからも不可能じゃない。

孝之はスマホを取り出して、次に行きたい宿としてピックアップしておいた旅館やホテルのデータを見る。

（次はここがいいかな。ここの若女将はテレビですごくきれいだったし、やさしかった。まだ若かったから、俺にもつけいる隙があるんじゃないか）

そんなことを考えながら、スマホの写真を眺めていると、突然、何かがころころと足元に転がってきた。

見ると、橙色のミカンだった。

とっさに手を床に伸ばして、それを拾う。

「すみません……あの、それわたしが……ゴメンなさい」

通路を隔てたシートに、まだ若い、二十歳過ぎくらいの女性が座っていて、こちらを済まなそうな顔で見ている。

「ああ、どうぞ」

孝之は拾ったミカンを渡す。

「ありがとうございます」

そう礼を言う女性は、とても愛らしく、やさしげで人が良さそうで、孝之のタイプだった。

「あの……失礼ですが、東京からですか?」

ごく自然に声をかけていた。

「ああ、はい……? 銀山温泉にどうしても泊まりたかったので、ひとりで二人分払って、泊まりにきました」

「俺も東京です。あの……そちらに行ってかまいませんか?」

「ああ、どうぞ」

孝之は自分の大胆さに自分でも驚きながらも、席を移動する。

「あの、ミカンお召し上がりになりますか?」

「ああ、はい……すみません。落ちたのでいいですから」

「いえ、ちゃんとしたものを」

女性が手渡してきたので、それを受け取って、ミカンの皮を剝く。

彼女もミカンの皮を小さな手で剝いている。何だか、気持ちが安らいだ。不思議にこの女性とは初めて逢ったという気がしない。

ミカンをひとつ食べて、孝之は言う。

「美味しいです。甘いですね」

「本当に、甘いわ」

彼女が目を丸くした。

（彼氏はいないようだし、この子なら、ガールフレンドになってくれるんじゃないか！）

窓際に座っている女性の横顔を眺めていると、それに気づいた彼女が孝之に向かって、柔らかい笑みを返してきた。その息からは甘酸っぱいミカンの香りがして、孝之はその芳香を静かに味わった。

＊本作品は書下しです。文中に登場する団体、個人、行為などは
すべてフィクションであり、実在のものとは一切関係ありません。

◉新人作品**大募集**◉

マドンナメイト編集部では、意欲あふれる新人作品を常時募集しております。採用された作品は、本人通知のうえ当文庫より出版されることになります。

【応募要項】 未発表作品に限る。四〇〇字詰原稿用紙換算で三〇〇枚以上四〇〇枚以内。必ず梗概をお書き添えのうえ、名前・住所・電話番号を明記してお送り下さい。なお、採否にかかわらず原稿は返却いたしません。また、電話でのお問い合せはご遠慮下さい。

【送付先】 〒一〇一‐八四〇五 東京都千代田区神田三崎町二‐一八‐一一 マドンナ社編集部 新人作品募集係

若女将《わかおかみ》狩《が》り 倒錯《とうさく》の湯《ゆ》

二〇二三年十一月十日 初版発行

著者◉霧原一輝【きりはら・かずき】

発行◉マドンナ社

発売◉二見書房 東京都千代田区神田三崎町二‐一八‐一一
電話 〇三‐三五一五‐二三一一(代表)
郵便振替 〇〇一七〇‐四‐二六三九

印刷◉株式会社堀内印刷所 製本◉株式会社村上製本所 落丁・乱丁本はお取替えいたします。定価は、カバーに表示してあります。

ISBN978-4-576-23131-0◉Printed in Japan◉

Madonna Mate